Sabine Zeitler

Damaskusliebe

Eine interkulturelle Liebesgeschichte

J. S. Klotz Verlagshaus

Damaskus

Männer, die öffentlich Hand in Hand gehen, war ich so nicht gewohnt – ich dachte immer, wir im Westen seien fortschrittlich.

Nun sah ich schon das zweite Paar – sie waren aber keines, wie sich herausstellte: In Damaskus – wie auch sonst in orientalischen Ländern – war es durchaus üblich, dass Freunde, oder besser „Kumpels", als Zeichen ihrer Freundschaft auch mal Hand in Hand gingen.

Aber dass Mann und Frau sich so zeigten, das war unzüchtig, *aib*, verpönt, wie es hieß. Gefühle zwischen Mann und Frau gehörten nicht in die Öffentlichkeit. Höchstens hakte die Frau sich am angewinkelten Arm des Mannes ein. Ehepaare praktizieren das manchmal. Aber allzu oft geht natürlich der Mann voraus – und die Frau hinterher. So wie bei der Queen und ihrem Gemahl – nur umgekehrt.

Ein Professor erzählte mal, dass es zwischen dem ehemaligen amerikanischen Präsidenten Carter und dem ägyptischen Präsidenten Sadat bei den Verhandlungen von Camp David zu ähnlichen interkulturellen Missverständnissen gekommen sein soll. Als Carter zur Begrüßung Frau Sadat mit dem im Westen üblichen Wangenkuss begrüßte, fragte sich die arabische Welt, was dieser Ami mit Sadats Frau zu tun habe. Und als Sadat bei einer Pressekonferenz Carter die Hand auf den Schenkel legte als Zeichen seiner Wertschätzung, sah das mehr als seltsam aus – für alle im Westen.

Camp David – das war 1978 – seither waren genau zehn Jahre vergangen. Ich dachte einigermaßen gut vorbereitet hier in der syrischen Hauptstadt angekommen zu sein. Als Geschichtsstudentin sollte ich mich etwas in fremden Kulturen auskennen – so dachte ich zumindest.

Aber für bestimmte kulturelle Unterschiede gab es eben keine Vorbereitung.

Ich hatte bereits versucht, Arabisch in Göttingen zu lernen, doch nach ein paar Monaten entnervt aufgegeben und beschlossen, Arabisch „vor Ort" zu lernen – und zwar in Damaskus, der Hauptstadt Syriens. Immerhin konnte ich lesen und schreiben: Die Schrift, die von rechts nach links geht und hauptsächlich aus Konsonanten besteht – nur lange Vokale werden ausgeschrieben – war gar nicht so schwer und hatte nur zwei Buchstaben mehr als das lateinische Alphabet. Ich erinnerte mich auch noch an „hallo" und „wie geht's", also *merhaba* und *keyfa haluka* und ein paar andere Wörter.

Ich hatte alle Scheine für die Uni, aber noch nicht mit der Magisterarbeit begonnen, also war dies die ideale Zeit für einen Auslandsaufenthalt.

Arabisch reizte und interessierte mich, seit ich vor vier Jahren zum ersten Mal allein nach Israel gereist war. Der Koran war auf Arabisch geschrieben und das Araber-Sein definiert sich über die Sprache: Jeder, der Arabisch als Muttersprache hat, ist Araber. Das lernte ich ausgerechnet in Israel. Viele Völker des Nahen Ostens – also auch Iraner oder Berber – werden oft fälschlicherweise als Araber bezeichnet.

In Israel hatte ich einen Urlaub verbracht, der sicherlich mein Leben verändert hatte, denn der Orient ließ mich seither nicht mehr los.

Nun war ich also auf der „anderen" Seite in Damaskus, der Zwei-Millionen-Stadt, am Bab Tuma, dem Thomastor, am antiken, in Resten erhaltenen Eingangstor zur Altstadt – zum Christenviertel. Doch natürlich lebten auch Muslime in diesem Teil der Stadt. Menschen eilten vorbei, riefen eines der vielen gelben Taxis oder warteten auf den Bus. An der Polizeistation standen diese Ur-Toyota-Jeeps – ein solches Modell fuhr auch ein Freund von mir in Berlin – dort fast schon Kult. Hier waren sie beige und man begegnete ihnen überall als Polizeiautos.

Jeder schien zielstrebig und doch erschien das Szenario chaotisch: Überall wurde gehupt und ich wunderte mich, wieso die Automotoren in diesem Teil der Welt so viel lauter waren als bei uns.

Es war Anfang Juli und sehr heiß.

Die Frauen waren teilweise geschminkt und trugen einen gerade mal das Knie bedeckenden Rock und eine ärmellose Bluse oder Jeans und T-Shirt. Andere wiederum hatten lange graue Mäntel an und trugen ein Kopftuch. Einzelne waren gänzlich umhüllt mit diesem schwarzen Umhang, der *Abbaya,* oder trugen den *Niqab*, den Gesichtsschleier, der nur die Augen frei ließ. Wie ich später erfuhr, waren dies meist schiitische Iranerinnen, die auf Pilgerfahrt in Syrien waren und einen *Tschador* trugen. Ihr Ziel war ein Schrein, ein Mausoleum in einem Damaszener Vorort, in dem Zainab, die Tochter des Kalifen Ali, des vierten Nachfolgers des Propheten Mohammed, begraben sein soll. Viele Muslime glaubten nach dem Tod Mohammeds 632, dass Ali, der Vetter und Schwiegersohn Mohammeds, der direkte Nachfolger hätte werden sollen, aber darum betrogen wurde. Über diesen Streit spalteten sich die Schiiten ab, die ungefähr fünfzehn Prozent der Muslime stellen.

Fast musste ich mich von diesem Anblick losreißen. Ich brauchte ein Zimmer, gebucht hatte ich nur den Flug und ein viel zu teures Hotel für die ersten Nächte.

Den erstbesten Mann, den ich auf Englisch ansprach, ob er jemanden kenne, der ein Zimmer vermiete, entpuppte sich ausgerechnet als Makler oder als jemand, der so ziemlich alles machte – auch Zimmer vermitteln.

Said Yassin war ein korpulenter, kleiner, kahlköpfiger Mann, der schnell sprach – das meiste auf Arabisch, was komplett unterging – und den Rest in gebrochenem Englisch. Doch immerhin verstand er, was ich wollte und führte mich in die Damaszener Altstadt. Auf immer neuen verwinkelten Wegen ging es ins Herz dieser Jahrtausende alten Metropole, die als älteste durchgehend bewohnte Stadt der Welt gilt, und ebenso alt sahen die Häuser aus, von denen man nur die Haustüren sah, die meist in einen Innenhof führten.

An den Wänden hangelten sich Kabel von Haus zu Haus, irgendwie schien es zu funktionieren, jedenfalls war bisher wohl noch nicht einmal eine mittlere Katastrophe aus diesem Kabelsalat hervorgegangen, der wohl bei jedem deutschen und wohl auch europäischen Elektriker zumindest einen mittleren Herzinfarkt verursacht hätte.

Said Yassin erklärte mir unentwegt, dass er alle Menschen in „Old Damascus“ kenne und bestimmt etwas für mich fände, über seine Provision – zwei Monatsmieten – ließ er mich ebenfalls nicht im Unklaren.

Hinter der ersten Tür, an die wir klopften – am Ende eines dunklen kleinen Seitenweges – entsprach das, was ich sah, genau meinen Vorstellungen eines typisch arabischen Altstadthauses: Um einen schönen, aber nicht besonders großen Innenhof, dessen beigefarbene Bodenfliesen teils kaputt waren, führten schmale Treppen, die an Zimmern vorbeiführten, zwei Stockwerke hoch bis zum Dach, das als Terrasse diente oder im heißen Sommer auch mal eine kühle Schlafgelegenheit bot.

Erste Kontakte

Ein kleines Mädchen kam auf uns zu und begrüßte Said Yassin, den sie offenbar kannte, und dann mich etwas zögerlich, aber sehr herzlich. „Das ist Mariam, sie ist acht Jahre alt und das Nesthäkchen hier“, erklärte mein Makler.

Arabisch hörte ich und ein „welcome“, dann erschien eine Frau, ich schätzte sie ungefähr fünfzig Jahre alt, die uns zu verstehen gab, dass wir im „Salon“ Platz nehmen sollten.

„Salon“ war ein etwas schmeichelhafter Begriff für den schönsten Raum in einem arabischen Haus, der immer und ausschließlich dem Empfang und der Bewirtung der Gäste diente.

Ein großer Wandteppich mit einem beeindruckenden Jesus wies diese Familie als eindeutig christlich aus – wie circa zwölf Prozent der syrischen Bevölkerung, darunter Protestanten, Katholiken, Griechisch-Katholische, Syrisch-Orthodoxe.

Die arabische Gastfreundschaft sollte legendär sein – so viel wusste ich – und war ein Vermächtnis der Beduinen. Eine Schutzpflicht für Reisende in der Wüste und von hohem moralischem Wert. „Die Gäste kommen von Gott“ sollte ich in den kommenden Monaten immer wieder hören.

Der Salon dieser Familie war weiß getüncht, wobei die Wände bereits von Rissen durchzogen waren und der Putz etwas abblätterte, an den Wänden waren Sofas gruppiert und in der Mitte standen niedrige kleine Holztische.

Kaum hatten wir uns gesetzt, kam eine junge Frau, etwa Mitte 20, hinzu und reichte Tee in kleinen Gläsern sowie Kaffee in den typischen Minitassen, aus denen man maximal zwei Schluck nehmen konnte. Schwarztee und Kaffee waren stark und sehr süß – und wurden natürlich traditionell ohne Milch gereicht.

Inzwischen waren wir zu acht im Zimmer, denn zu Mariam, der

Teeserviererin, der Mutter, dem Makler und mir hatten sich noch eine weitere Frau Mitte zwanzig und ein circa zehnjähriger Junge gesellt sowie: Der Hausherr. Ein freundlich, aber etwas streng blickender Mann Anfang sechzig, der sofort die Gesprächsleitung übernahm und mich nach höflichen Eingangsfloskeln – „Wie geht's", „wie war die Reise", „wie gefällt dir Damaskus" und so weiter, detailliert nach Herkunft und Familie ausfragte: „Was macht dein Vater, wie viele Geschwister hast du und, und, und." Ich verstand nur einige Wortfetzen. Suha, die wohl älteste Tochter, übersetzte auf Französisch, das bis vor ein paar Jahren die erste Fremdsprache in der Schule war: Ein Erbe der französischen Mandatsmacht, die ab 1922 hier herrschte – bis 1946 die letzten Französischen Truppen abzogen. Bis dahin gehörte die Region knapp 400 Jahre zum Osmanischen Reich. Seit ein paar Jahren wurde aber in den Schulen vorzugweise Englisch gelehrt.

Offensichtlich beschrieb ich alles zu seiner Zufriedenheit: Vater Kaufmann, Mutter Hausfrau (ehemals Bankkaufrau), zwei jüngere Brüder und auch mein Name Lisa war gut auszusprechen!

Alle starrten mich an und lächelten.

Ich lächelte zurück und trank den sehr süßen Tee. Dies sollte in den kommenden Monaten zu einer meiner Hauptbeschäftigungen werden.

„Wir sind fünf Kinder", beschied mir Suha. Sie selbst war natürlich kein Kind mehr, sondern eine attraktive schwarzhaarige Frau von 27 Jahren – wie ich erfuhr – mit sehr hellem Teint. „Ich bin Apothekerin", fuhr sie fort, „und arbeite hier im Viertel. Meine Schwester Rania ist zwei Jahre jünger und Lehrerin".

Nun ja, keine allzu große Familie, dachte ich. Sieben, neun oder mehr Kinder waren nichts Besonderes hier. Offensichtlich spielte die Familienplanung doch irgendwie eine Rolle. Die Älteste 27, das jüngste Kind acht.

„Langsam lichtet sich das Bild", dachte ich – was mir auch gut gefiel, war die Waschmaschine, die ich beim Hereinkommen erspäht hatte.

Davor hatte es mir gegraut: mit der Hand Wäsche waschen!

Doch nun hatte sich glücklicherweise das Blatt gewendet.

„Möchtest du dein Zimmer sehen?", fragte Suha.

„Ja, natürlich", antwortete ich.

Nachdem ich den Tee ausgetrunken hatte, wurde ich an eine enge Treppe zum nächsten Stockwerk geführt und mir wurde ein kahler, aber relativ großer Raum gezeigt, der ziemlich staubig und nur mit einem Regal und einem großen alten Metallbett bestückt war.

Ich war zwar nicht begeistert, das Haus war alt und ziemlich renovierungsbedürftig, aber es lag zentral und schön in der Altstadt, wie ich es mir gewünscht hatte, und wichtig war ja auch die Waschmaschine. Ausschlaggebend aber war, dass mir die Familie vom ersten Augenblick an sehr sympathisch war.

„Nimmst du das Zimmer?", fragte der Makler, ich nickte nur und erntete einen Begeisterungssturm von allen Seiten.

Offenbar war man froh, dass etwas Neues im Haus geschah und eine Ausländerin einzog, die etwas Abwechslung und auch ein zusätzliches Einkommen brachte.

Nun war ich also Untermieterin bei *Abu Bassam*. Diese Familie hieß so, da der älteste Sohn – aber immerhin Kind Nummer drei – Bassam hieß. Damit erhielt der Vater nach zwei vergeblichen Versuchen, die nur Mädchen hervorbrachten, endlich einen gesellschaftlichen Namen, nämlich „Vater von Bassam", also Abu Bassam.

Fortan hießen er und seine Frau, vor allem in ihrem Viertel, nur noch *Abu* und *Umm* (Mutter von) *Bassam*.

Die erste Nacht in meinem Zimmer schlief ich ganz gut. Das Bett knarrte und sauber war es nicht gerade, aber für die Verhältnisse der Familie war es der komfortabelste Raum – nach dem Salon.

Bisher hatten hier die beiden ältesten Mädchen in diesem Bett zusammen geschlafen.

Suha war es manchmal zu eng geworden, dann schlief sie im so genannten Wohnzimmer, einem kleinen Raum mit einem alten Schwarzweißfernseher, einem Schrank mit offenen Regalen und vier ausrangierten Sofas an den Wänden, bei denen teilweise schon die Sprungfedern hervorkamen. Dort war es zwar nicht bequemer, aber man hatte ein Sofa für sich – ab jetzt war das jede Nacht ihr Schlafplatz.

Das alles kam mir sehr beengt vor – was es auch war, aber die Töchter von Abu Bassam kannten nichts anderes, das war ganz normal für sie und alle schliefen gut.

Jahre später, als mich Suha einmal in Deutschland besuchte und sie allein in unserem etwas abseits gelegenen Gästezimmer untergebracht war, beichtete sie mir, dass sie stets schlecht geschlafen habe. Sie machte mir eigentlich den Vorwurf, dass ich sie im Zimmer allein gelassen habe, was sie überhaupt nicht gewohnt war.

Familie Abu Bassam

Nach zwei Tagen hatte ich alle Familienmitglieder kennen gelernt: Suha, die Älteste, 27 Jahre und Apothekerin, Rania 25 Jahre und Lehrerin, Bassam 23 Jahre, Architekturstudent und Taxifahrer, dann nach einer längeren Pause kamen noch Josef mit zehn Jahren und Mariam, die Achtjährige, die beide natürlich zur Schule gingen. Das Schulsystem war frei und verpflichtend, obwohl in ländlichen Gegenden niemand nachfragte, wenn ein Kind nicht zur Schule ging, weil es den Eltern helfen musste.

Eines Tages standen morgens plötzlich die beiden Jüngsten in einer Art grüner Militäruniform vor mir und wollten sich verabschieden.

„Ist wieder Krieg", fragte ich Suha etwas arglos auf Französisch.

„Nein, Lisa", lachte sie, „das sind unsere Schuluniformen hier."

Das war aber auch das einzig Militaristische an den Kindern. Ansonsten spielten sie wie alle Kinder auf der Welt in ärmeren Gegenden – ohne Spielzeug. Mit Hilfe ihrer Fantasie erfanden sie Spiele für das Haus oder die Gassen der Altstadt. Spiele, wie ich sie von einem Buch kannte, mit dem Titel: „Alte Kinderspiele": Abzählreime, Fangen, Verstecken.

Außerdem waren die Kinder sehr mit Pflichten im Haushalt eingedeckt. Die weiblichen Familienmitglieder mussten täglich beim Kochen, Putzen und anderen Tätigkeiten helfen.

Josef und Mariam bekamen zudem noch Aufgaben von ihren älteren Geschwistern, zum Beispiel Texte abschreiben. Kopierer waren selten in Damaskus. Es gab Schule und die damit verbundenen Pflichten, wobei sich die Eltern nicht sonderlich einmischten oder Hausaufgaben kontrollierten – was insoweit nicht möglich war, da die Mutter nicht lesen und schreiben konnte und der Vater seine Aufgabe nicht darin sah, sich dementsprechend zu kümmern. Hausarbeit hatte

Vorrang, wobei die Mädchen für die Küche und Putzen zuständig waren, die Jungs für Reparaturarbeiten. Regeln des Respektes mussten beachtet werden. Diese waren hierarchisch geordnet: Vater, Bassam, Mutter, dann die beiden älteren Töchter. Ansonsten waren die Kinder sich weitgehend selbst überlassen; Förderung mit Musik und Sport war Erziehung der Reichen.

Einmal entdeckte ich in einer Art Minisupermarkt tatsächlich ein Monopolyspiel auf Arabisch. Ich kaufte es sofort für die beiden Jüngsten meiner Familie und war überzeugt, einen Begeisterungssturm zu ernten: Das erste richtige Spiel – immerhin!

Doch weit gefehlt: Josef und Mariam bedankten sich und spielten auch, sie hatten extra Freunde eingeladen. Doch ein Hit war es nicht. Sie langweilten sich eher und spielten nicht einmal zu Ende. Keiner wurde Kapitalist, niemand ging Pleite.

Ansonsten dominierte auch dort der Fernseher den Tag – meist ab dem Nachmittag – zu meiner Zeit mit der Zeichentrickserie *Heidi* und den Schweizer Alpen.

Nach kurzer Zeit hatte ich mich mit den älteren Töchtern, vor allem mit Suha, angefreundet und wir wurden vertraut miteinander.

Der Vater Abu Bassam war ein ehemaliger Angestellter der Stadt, ein *Muassaf* – in welcher Position genau erklärte er nicht – und bezog eine Rente. Er war der Patriarch und lag meistens auf dem Sofa im Innenhof, ließ sich Tee oder Kaffee bringen und gab ab und zu einen Kommentar von sich, las Zeitung und drehte vor- und nachmittags ein paar Runden in der Damaszener Altstadt, immer gemächlichen Schrittes, um dann in einem der vielen kleinen Cafés einzukehren, die eigentlich nur für Männer bestimmt waren. Das Leben war hier weitgehend unterteilt in einen Bereich außerhalb des Hauses für die Männer und das Haus oder die Wohnung für die Frauen.

Nur ein paar Touristinnen angelten sich ab und zu einen Platz in diesen Männer-Cafés und obwohl ziemlich emanzipatorisch geprägt

– so dachte ich zumindest –, respektierte ich diese Gegebenheiten und versuchte nie, ebenfalls dort einen Kaffee zu trinken – dafür hatte ich andere Plätze und *Nargile*, wie die Wasserpfeife hier hieß, schmeckte mir sowieso nicht.

Abu Bassam jedenfalls war der uneingeschränkte Chef der Familie, sein Wort galt, er hatte Anspruch auf die besten Plätze im Haus.

Diese waren – wie gesagt – im Sommer auf dem Sofa und im Winter neben dem Ofen im Wohnzimmer.

Umm Bassam war eine liebenswerte kleine schlanke Frau, die als 17-Jährige geheiratet hatte, tatsächlich erst Mitte 40 war, so genau wusste sie das nicht, und seither ihren Mann und ihre Kinder versorgte und sich um den Haushalt kümmerte. Sie war sich ihrer Position in der Familie – sie kam gleich nach ihrem Mann und Bassam – bewusst.

Küche und Co.

Zum Frühstück gab es jeden Tag das Gleiche. Das dünne helle Fladenbrot, das stapelweise und sehr günstig, da hoch subventioniert, bei einem der zahlreichen Bäcker gekauft wurde, selbst gemachte Aprikosenmarmelade mit Mandeln und manchmal *Hommos,* den mit Olivenöl bedeckten Kichererbsenbrei, den es an jeder Straßenecke zu kaufen gab. Brot gehörte zu jedem Essen, diente oft als Löffelersatz und war wichtig als Sättigungsbeilage. Da ich dies nicht gewohnt war, nahm ich in den ersten Wochen zu, aber nachdem ich dieses Brot wieder wegließ, waren die drei Kilo schnell wieder runter.

Gerne hörten die Töchter des Hauses am Morgen *Feiruz*: Die libanesische Sängerin ist eine Ikone in der arabischen Welt und wird überall verehrt: „Morgens *Feiruz* wegen ihrer lieblichen Stimme und abends *Umm Kulzum,* die ist etwas herber und passt dann besser", meinten sie oft! *Umm Kulzum* war Ägypterin und genauso berühmt wie *Feiruz.* Für mich war arabische Musik zunächst fremd, doch bald hatte ich mich etwas daran gewöhnt – hörte privat jedoch weiterhin Popmusik. Mit einer Ausnahme: Die Lieder von *Majida El Roumi,* die ein paar Jahre zuvor durch die Teilnahme an einer libanesischen Talentshow bekannt wurde, hatten es mir angetan und ich kaufte mehrere Kassetten von ihr.

Zum Frühstück gehörte auch *Makduz,* die in Öl eingelegten und mit Walnüssen und Paprikastückchen gefüllten Mini-Auberginen, die jedes Jahr im Herbst von Umm Bassam kiloweise selbst eingelegt wurden und die Gemüseversorgung für den Winter sichern sollten.

Obst und Fleisch gab es im Übrigen kaum, da es teuer war.

Kaffee war eigentlich für den Nachmittag und für Gäste gedacht, deswegen leistete ihn man sich hin und wieder.

So gewöhnte ich mich auch ans Teetrinken, obwohl ich häufig

Kaffee, der ebenfalls kostspielig war, für uns alle kaufte – und Milch, wenn ich welche auftreiben konnte. Mein deutsch-arabischer Milchkaffee ließ meine Familie staunen, ich wiederum fand anfangs das viele Olivenöl auf *Hommos* am Morgen wirklich widerlich – bis ich mir irgendwann selbst ein fettarmes Frühstück nicht mehr vorstellen konnte.

Die Küche war vielleicht vor 100 Jahren ein kleiner Raum, der damals den Namen verdiente, aber inzwischen war von der ursprünglichen Wandfarbe nichts mehr zu sehen, zwei Gaskocher fanden auf einem Schränkchen Platz, daneben stand eine Kommode. Der Stolz der Familie war neben der Waschmaschine, die sie erst seit vier Jahren besaß, ein großer circa 20 Jahre alter Kühlschrank, der aber seine Funktion erfüllte.

Der Schwarzweißfernseher im Wohnzimmer empfing ein Programm, wenn auch nicht immer ganz störungsfrei, und hatte zwei Funktionen: Er diente natürlich zur Unterhaltung, vor allem wegen der Kinder, und das – wie gesagt – bereits ab 14 Uhr täglich und er wirkte deeskalierend. Das merkte ich erst, als der Fernseher an einem Feiertag mal kaputt ging und ein Streit losging wegen einer Kleinigkeit – so dachte ich.

„Was ist denn?“, fragte ich einigermaßen erschrocken.

„Ach nichts“, rief Suha zurück. „Umm Bassam möchte nur, dass ich mehr Geld zum Familienunterhalt beisteuere, aber das kann ich nicht. Rania ist meiner Meinung, aber Bassam hält zu Mutter.“

„Aha“, dachte ich nur. „Komisch. Vor einer Woche noch hielt Bassam zu Suha, in der gleichen Sache.“

Als sich nach vier Minuten alle wieder beruhigt hatten und friedlich miteinander Kaffee tranken, erinnerte ich mich an ein Zitat aus der *Zeit* über schnell wechselnde Bündnisse und sich ständig ändernde Koalitionen in arabischen Parteien und Gremien. „Passiert aber auch bei uns“ – dachte ich dann noch bei mir.

Das Badezimmer, *Hamam* genannt, grenzte an den Innenhof:

Dort wurde in einem großen Behälter Wasser mittels eines kleinen Holzofens, der unterhalb angebracht war, erhitzt; das Wasser floss dann über einen Hahn in eine große Schüssel, aus der man es mit einem Becher schöpfen und über sich gießen konnte. An jedem Freitag, dem wöchentlichen Feiertag, war Badetag, das heißt, heißes Wasser zum „Badegießen" gab es nur einmal die Woche. Aber auch an diesen Umstand gewöhnte man sich und behalf sich von Samstag bis Donnerstag mit Katzenwäsche. Und ehrlich gesagt: Ich habe warmes Wasser nie mehr so genossen wie damals an jedem Freitag in Damaskus. Bereits Tage vorher freute man sich darauf.

Auch dieses Baden erfolgte in einer strengen hierarchischen Reihenfolge: Zuerst die Eltern, wobei der Vater natürlich den Vorrang hatte, dann die Geschwister dem Alter nach. Bassam kam vor seinen älteren Schwestern dran, wenn er darauf bestand.

Ich als Gast und zahlender Mieter durfte mich reindrängen, wie es mir passte.

Sie hatten auch vor kurzem erst die etwas abseits gelegene Toilette erneuert und die Fläche um das Loch im Boden neu gefliest – es gab sogar Toilettenpapier und dafür einen separaten Eimer, denn die Kanalisation war nicht ausgelegt auf solche eine Materie – aber das kannte ich ja auch schon von einigen südeuropäischen Ländern. Toilettenpapier war nicht selbstverständlich, denn eigentlich benutzte man Wasser, das immer bereitstand, um sich zu säubern – mit der linken Hand, die dann natürlich gewaschen wurde. Deshalb gilt die linke Hand als unrein und man sollte tunlichst vermeiden, etwas Wichtiges mit der linken Hand zu tun, wie zum Beispiel Geschenke oder Visitenkarten zu überreichen oder auch zu essen. „Glücklicherweise bin ich keine Linkshänderin", dachte ich noch bei mir, war aber der Überzeugung, dass sie das akzeptiert hätten.

Für das Zimmer bezahlte ich 1000 Lira monatlich, ungefähr 100 Dollar. Das entsprach einem halben durchschnittlichen Monatslohn.

Der Mahad

Ich war in Syrien, um Arabisch zu lernen am Lehrinstitut für arabische Sprache für Ausländer, dem *Mahad,* einem kasernenartigen Gebäude. Es lag im Viertel Muhadscherin, am Fuße des heiligen Berges Qasyun, der eher einem riesigen Felsen glich, auf dem der Legende nach Kain Abel erschlagen haben soll.

Schätzungsweise die Hälfte der jungen Leute, davon wahrscheinlich viele Studenten wie ich, die am ersten Kurstag warteten, dass die Tür des kasernenartigen Gebäudes geöffnet wurde, waren Deutsche.

Von allen Seiten hörte ich nur bekannte Dialekte: „So en Scheiss, worum geht do nix", offenbar ein Schwabe.

„Dat machen se absichtlich" und so weiter und so weiter …

Seltsam war es schon. Englischsprechende wedelten mit der Anmeldebestätigung an mir vorbei, Asiaten und Afrikaner, auch Russischparlierende kamen freudestrahlend aus dem Sekretariat.

Neben mir stand ein dunkelblondes Mädchen, etwas kleiner als ich, und schüttelte den Kopf. „Are you waiting too?", fragte ich, da ich zeigen wollte, dass ich nicht unbedingt nur Deutsche erwartete, aber sie antwortete: „Du kannst ruhig Deutsch mit mir reden. Ich bin Hanna aus Frankfurt."

Ich nickte. Offensichtlich hatte ich einen unvermeidbaren Akzent oder sah aus wie eine Deutsche, was ja alle Germanen auf der Welt zur Verzweiflung bringt, da alle Deutschen gerne ins Ausland reisen, dort aber nicht als solche erkannt werden möchten und lieber keine Landsleute treffen möchten – auch so eine deutsche Eigenart oder besser Unart.

Plötzlich kam ein anderer Junge in unserem Alter – also Mitte zwanzig – auf uns zu und meinte aufgeregt: „Die Deutschen kriegen keine Anmeldung. Das Gerücht geht um, dass der Sohn des Direktors in Deutschland studieren wollte, aber keine Zulassung bekommen hat. Jetzt will er uns nicht."

Vor Schreck blieb uns der Mund offen stehen. „Jemand ist schon unterwegs zur Botschaft." „Da muss jemand kommen. So eine Schweinerei."

In Windeseile hatte sich die Neuigkeit herumgesprochen und natürlich Empörung ausgelöst.

Schon tauchten Leute auf, die uns aufforderten, den Bereich vor der Schule zu verlassen.

Bevor es richtig wild wurde, gaben wir nach und versammelten uns gegenüber vor einer Art Kiosk, in dem es Süßigkeiten, Getränke und auch heißen Tee gab und sorgten dort für Umsatz.

„Wie könnt ihr hier nur Tee trinken", hörte ich jemanden hinter mir mit schweizer Spracheinfärbung sprechen „da kann man sich ja alles holen: Bakterien, Würmer, was weiß ich." Ich drehte mich mit meinem Teeglas in der Hand um und sah in ein etwas ernst dreinblickendes Gesicht eines Endzwanzigers mit strohblonden Haaren, der um einiges größer war als ich.

„Macht doch nichts", meinte ich nur. „Wenn man anfängt auf alles zu achten, darf man gar nichts mehr zu sich nehmen."

Der Schweizer, der sich als Hans vorstellte, wollte wohl widersprechen, besann sich dann offensichtlich anders und entgegnete nur: „Ich esse hier nur Abgepacktes aus einer Fabrik."

„Na wenn du denkst, dass es dort hygienischer zugeht", war alles, was ich dazu sagen konnte.

Aber Hans stellte sich dann doch als ganz nett heraus und wir drei: Hanna, Hans und ich warteten auf weitere Neuigkeiten, wobei Hans seine Anmeldung schon hatte.

Hanna studierte Islamwissenschaften in Frankfurt und war hier, um ihr Arabisch zu verbessern, Hans hatte bereits Journalistik studiert und hoffte, dass ihn Arabisch auf der Karriereleiter weiterbringen würde. Wahrscheinlich ging er davon aus, dass der Nahe Osten immer für eine Story gut sein würde.

Ich erzählte, dass meine Mutter zuerst ganz erfreut auf die Mitteilung reagiert hatte, dass ich ins Ausland wollte.

Allerdings hatte sie eher an die USA oder zumindest England gedacht, vielleicht noch Frankreich, denn ihre Miene verfinsterte sich plötzlich, als sie von mir das Wort Syrien hörte.

Doch mein Entschluss stand fest und so stand ich schließlich in der syrischen Hauptstadt zwischen einem Schweizer und einer Hessin und mein weiteres Schicksal sollte von einem beleidigten syrischen Schuldirektor abhängen.

Nach zwei Tagen erst und nach Intervention des deutschen Kulturattachés wurden auch die Deutschen akzeptiert; Gerüchte gingen um, dass dafür ein paar Visa mehr ausgestellt wurden. Aber egal, wir waren aufgenommen. Allerdings alle aus dem Westen zu einem erhöhten Preis, was ich gar nicht ungerechtfertigt fand, denn für viele Mitschüler wäre diese Schule sonst unerschwinglich gewesen. Das Waldorf-Prinzip in Syrien!

Der Mudir

Direktor heißt auf Arabisch *Mudir*. Also hieß unser Schulrektor nur der Mudir, auch wenn wir uns auf Deutsch unterhielten.

Der Mudir also – ein großer, etwas untersetzter Mann Mitte 40 – ließ uns der Reihe nach antanzen und die Aufnahmeformulare ausfüllen.

Dabei erzählte er fast jedem von seinem Sohn, der eigentlich in Westdeutschland studieren wollte, nun aber glücklicherweise in Bulgarien studiere, wo die Ausbildung sowieso besser sei.

Wir beglückwünschten ihn und versprachen, gute Schüler zu sein.

Wir waren fast alle zwischen zwanzig und dreißig, aber augenblicklich fühlten wir uns zurück auf die Schulbank versetzt, was irgendwie belustigte.

Nun hatten wir zwar die Anmeldebestätigung, doch um die Aufenthaltsgenehmigung zu bekommen, mussten wir noch einen Aidstest machen. Der Mudir hatte uns eröffnet, dass jeder Ausländer nur nach negativem Aidstest eine Aufenthaltsgenehmigung erhalten würde.

„Das ist doch auch gut für euch", ergänzte er, „dann wisst ihr auch gleich, wer von euch positiv ist und wer nicht."

Die Verbreitung des HIV-Virus war in arabischen Ländern ein Synonym für den dekadenten freizügigen Westen. Davor, vor Aids, musste man die Syrer folglich unbedingt schützen.

Der Mudir grinste genüsslich, denn es war allgemein bekannt, dass er vorzugsweise blonde Schülerinnen gerne zu Partys einlud, bei denen man dann auch schon mal Politiker antraf.

Ehemalige Schülerinnen hatten uns vorgewarnt, diese Feiern seien harmlos, aber nervig. Andererseits dachte ich, was erwartet man auch, wenn man zu solchen „Partys" geht. Das ist bei uns auch nicht anders.

Wir fügten uns in das Unvermeidbare, niemand reiste wegen des Aidstests ab.

Aber mulmig war uns schon. Weniger wegen der Ergebnisse, obwohl jeder insgeheim seine Vita gedanklich überprüfte und es für die meisten der erste Test war. Wir hatten Bedenken wegen der Spritzen: Woher kamen sie und waren es auch wirklich unbenutzte Einwegspritzen?

„Ich lass die syrischen Spritzen nicht an mich ran", entschied Hans und ließ sich auf Rechnung von einem teuren syrischen Privatarzt in dessen Praxis testen, nachdem er sich vorher von der Sterilität der dort vorhandenen Spritzen überzeugt hatte. Alle anderen verließen sich auf das syrische Gesundheitsministerium – aber ein paar von uns informierten sich dann doch dort vorab, sicherheitshalber. Ein netter Beamter zeigte sie: Italienisches Modell Marke Einweg, alle einzeln verpackt und verschweißt, nicht ohne noch einmal darauf hinzuweisen, dass das alles natürlich auch zu unserem Besten sei.

Nach ein paar Tagen erhielten wir das Ergebnis: Wir waren alle negativ, was wirklich jeden beruhigte, aber tatsächlich kaum jemanden überraschte.

Und nach einer Odyssee durch die syrische Bürokratie wiederum, die aufgrund des halbsozialistischen Systems noch ausgeprägter war als bei uns, erhielten wir auch die *Ikame,* die Aufenthaltsgenehmigung.

Meine Klasse

Vom Einstufungstest verstand ich so gut wie nichts. Das heißt, ich verstand die Fragen nicht, die Antworten hätte ich vielleicht noch gemeistert. Auch den anderen, die zum Teil bereits Jahre Arabisch an deutschen Hochschulen gelernt hatten, ging es nicht so viel besser.

Aber dort lernte man eben das klassische Schriftarabisch, das Hocharabisch – die Sprache des Koran. Dieses *Fusha* wurde zwar auch hier unterrichtet, aber die Fragen waren mehr aus dem Alltagseben gegriffen.

Die Anfänger kamen in den *awal,* den ersten Kurs, die Könner in den zweiten, den so genannten *thani.* Ich landete zwischendrin im Mittelkurs, dem *mutawaset.*

Hanna war im thani.

Unser Lehrer war ein ruhiger Typ, Anfang 40 und wie fast alle hier im Zweitberuf tätig. Vormittags Lehrer an einer syrischen Schule, nachmittags hier im Institut.

Der Unterricht fand ausschließlich auf Arabisch statt, das war anfangs ungewohnt, aber irgendwie verstand man Abu Munir, so hieß unser Lehrer, oder konnte vielmehr erahnen, was er meinte.

Meine Klasse war bunt gemischt: Afrikaner, Europäer, vor allem Deutsche, Franzosen, viele aus der Sowjetunion. Und ein Amerikaner: John.

Hans war auch hier gelandet.

Deutsch sprachen einige in der Klasse. Man unterhielt sich auf Deutsch oder Englisch und nach circa drei Monaten mischte Arabisch mit.

Auch Monique aus Madagaskar beherrschte Deutsch sehr gut, denn, na klar, die erste Fremdsprache auf der afrikanischen Insel auf ihrem Gymnasium war Deutsch, gefolgt von Französisch und Englisch.

Das war sowieso das Tolle an der Schule in Damaskus: Sie wurde wirklich zum Schmelztiegel unterschiedlicher Sprachen, Nationalitäten und Kulturen.

Hans aus der Schweiz, Ulla aus Österreich, John aus den USA, Monique aus Madagaskar, Hano aus Georgien, also Sowjetunion, Muhammed aus Ghana, Emilio aus Italien und, und, und.

Fast alle studierten Islamwissenschaften oder hatten ein Stipendium für die Damaszener Universität und mussten vorher Arabisch lernen, wie die meisten Studenten aus Afrika.

Es gab auch ein paar Frauen in der Klasse, die mit Syrern verheiratet waren, hier leben wollten und deshalb die Sprache lernten, zum Beispiel die Ukrainerin Natalia oder die Polin Barbara. Diese waren meist Osteuropäerinnen, da Syrien sehr gute Verbindungen zu anderen sozialistischen Staaten hatte, vor allem zur Sowjetunion und zur DDR und viele Syrer dort studierten.

Präsident Hafiz al-Assads Baath-Partei, was so viel wie Wiedergeburt heißt (der arabischen Nation/Einheit), war zwar säkular, sozialistisch geprägt, aber es war kein Sozialismus wie in der Sowjetunion – eher ein arabischer, der auch Unternehmertum zuließ. Etwas anderes war auch nicht durchsetzbar, da Araber schon immer Händler waren.

Jedenfalls besaß eine kleine Oberschicht viel – dies waren vor allem Händler und Gutsbesitzer, die sich gut mit dem System – und vorher schon mit den Osmanen und den Mandatsmächten – arrangiert hatten. Assad (das arabische Wort für Löwe), der sich von seiner Position als Militär und Verteidigungsminister 1970 an die Macht putschte, hatte Verstaatlichungen teilweise rückgängig gemacht und die Wirtschaft liberalisiert und herrschte despotisch mit harter Hand.

Links war vielleicht noch die Tatsache, dass der Zugang zu staatlichen Bildungseinrichtungen – übrigens gemischtgeschlechtlich – frei war, und der Staat vielen eine Stelle bot, die ein Minimum an Auskommen sicherte. Eine mehrjährige Berufsausbildung wie bei uns gab es allerdings nicht – man wurde angelernt: bei einem Goldschmied, einem Schreiner oder in einem anderen Beruf. Wer die Möglichkeit hatte, konnte dann irgendwann seinen eigenen Betrieb eröffnen. Daneben gab es private Institute, in denen man zum Beispiel sprachliche oder kaufmännische Kenntnisse erlernen konnte.

Meine Familie gehörte zur Mittelschicht. Aber auch von Armut waren viele Menschen betroffen, die sich als Tagelöhner, Schuhputzer verdingten.

Die Baath-Partei, deren Politiker sich in Syrien und dem Irak 1963 an die Macht putschten, hatte jedenfalls als Slogan: „Einheit (der Araber), Freiheit (von Kolonial- und Mandatsmächten), Sozialismus." Doch auch dies war nur Illusion, denn gerade die Führer dieser beiden Staaten, Hafiz al-Assad und Saddam Hussein, waren sich seit langem spinnefeind.

Die krassen sozialen Unterschiede zwischen den reichen Ölstaaten und den ärmeren Ländern wurden mit Unmut betrachtet, aber alle waren Araber. Syrien hatte wenig Öl, war aber immer ein wichtiges Ölpipelineland. Die Einheit der Araber blieb ein Traum.

Nur einmal hatten zwei Länder einen Vorstoß gemacht: Von 1958 bis 1961 hatten sich Syrien und Ägypten zur Vereinigten Arabischen Republik zusammengeschlossen, doch Nassers Dominanzstreben beendete den Traum schnell und die Syrer bevorzugten wieder einen eigenen Staat.

Nur vier, fünf Schüler in der Klasse lernten Arabisch, um den Koran besser zu verstehen. Sie kamen vor allem aus Indonesien, Malaysia oder Indien.

Tja, so saßen wir also alle in einer Klasse, lachten über dieselben Späße, verärgerten den Lehrer auf die gleiche Art und Weise und vergaßen alle Schranken und Unterschiede …

Vor allem aber feierten wir die besten Partys unseres Lebens.

Abu Masen

Abu Masen war ein christlicher Familienvater mit einem wirklich schönen Haus in der Altstadt, nicht weit entfernt von meiner Familie.

Sein Anwesen, das er von seinem Vater geerbt hatte, war aber ungefähr doppelt so groß und der Innenhof mit einem verzierten Brunnen ausgestaltet. Es gab ein einigermaßen modernes Bad, das fast völlig gekachelt war und mittels eines elektrischen Wasserheizers konnte man mit einer gewissen Vorlaufzeit immer duschen. Luxus pur sozusagen.

Abu Masen jedenfalls hatte sich vollkommen auf ausländische Gäste eingestellt, das heißt, er hatte fast sein komplettes Haus an Sprachschüler vermietet. Seine Familie, die „nur" aus seiner Frau und zwei Kindern bestand, hatte sich in eineinhalb Zimmer zurückgezogen.

Abu Masen war nun in seinem Hauptjob Vermieter und Hausmeister. Zwar ging er noch jeden Tag seinem eigentlichen Beruf nach: Angestellter in irgendeinem Amt. Wie so viele hatte er aber auch noch einen Zweitjob als eine Art Schreiner, den er komplett aufgab, nachdem er merkte, wie lukrativ Vermietung sein kann.

Auch viele Mütter mit Ausbildung arbeiteten, mussten arbeiten, um der Familie zu helfen. Und das ganz ohne staatliche Kinderbetreuung, die übernahm die Familie, die Großeltern. Ich hatte mal irgendwo gelesen, dass Menschen nach den Wechseljahren nur noch deshalb weiterleben, um Nachkommen zu betreuen …

Die Menschen arbeiteten beim Staat und fuhren nebenher Taxi oder jobbten in einem Lokal. Sie unterrichteten vormittags an einer staatlichen Schule und nachmittags in einem Privatinstitut. Sie hatten ein Ingenieursstudium absolviert und verkauften Souvenirs an Touristen. Oder sie hatten noch einen lukrativen Nebenverdienst beim *Muchabarat,* dem syrischen Geheimdienst, mit dem sicher nicht zu spaßen war – viele syrische Oppositionelle verschwanden einfach. Der aber andererseits auch nicht ständig so viel Angst und Schrecken verbreitete, dass man vor einem Zusatzbrot als Spitzel Angst hatte.

Rania klärte mich oft auf: „Der und der sind beim Muchabarat."

„Aber das ist ja schrecklich", reagierte ich anfangs immer, „der wirkt so sympathisch und ist wohl so fies!"

„Ach wo, der ist tatsächlich ganz ok – jeder muss schauen, wie er über die Runden kommt und wenn er ihnen irgendwas erzählt, was soll das schon. Meist stimmt es sowieso nicht. Die wollen nur irgendwelche Infos hören."

Wunderte ich mich anfangs noch zum Beispiel über unauffällig in schwarze Anzüge gekleidete – möglichst noch mit Sonnenbrille versehene – Aufpasser im Botschafts- und Regierungsviertel, so war dies alles bald völlig normal. Klar war jedoch: Wenn man zur aktiven Opposition im Land gehörte, gab es kein Erbarmen.

Wenn man nicht offen gegen die Regierung opponierte, hatte man weitgehend seine Ruhe. Die Regierung sorgte mit harter Hand dafür, dass es keine Unruhen gab unter den Religionen dieses künstlich gebildeten Staates. Ich wusste, dass auch über jeden Ausländer eine Akte geführt wurde. Aber bald dachte niemand mehr daran.

Abu Masens Haus war nun in der Hand von Ausländern, von westlichen vor allem, die sich die Miete von 2000 Lira leisten konnten. So hatte er zusätzlich das Vielfache seines Monatsgehalts.

Seine Ehe geriet aus dem Ruder, da er immer wieder mit Mieterinnen flirtete, ohne zu weit zu gehen beziehungsweise zu dürfen. Die westliche Lebensart dominierte sein Dasein.

Bei Abu Masen stiegen die heißesten Partys. Alle Feten waren gigantisch: Wenn alle Nationalitäten ihre Musik auflegten und alle zusammen tanzten, war mehr los als in jeder Disco zwischen Hamburg und München.

Wie gesagt: Gab es eine Einladung von einem Mieter Abu Masens, waren fast alle aus dem Mahad da – und auch Syrer.

An einem solchen Fest, ungefähr zwei Monate nach meiner Ankunft, als gerade ein Song von Sting gespielt wurde, *Englishman in New York* (mein Bruder hatte mir die LP auf Kassette aufgenommen und mir geschickt), und die Stimmung unbeschreiblich gut war, tippte mir jemand an die Schulter: „Hallo, wie heißt du?" hörte ich auf Deutsch.

Ich drehte mich um und sah einen nicht sehr großen, dafür aber kräftigen jungen Syrer – so nahm ich an – ungefähr in meinem Alter. „Wo hast du Deutsch gelernt?", fragte ich überrascht.

„Meine Mutter ist Deutsche. Ich bin zweisprachig aufgewachsen. Im Sommer sind wir oft in Dresden bei meiner Oma."

Hassan sah ganz gut aus: Dunkle lockige Haare, auch nicht ganz kurz wie hier üblich, sondern so, dass die Locken leicht in die Stirn fielen, dazu einen wirklich dunklen Teint. „Von deiner Mutter kannst du aber nicht viel haben", bemerkte ich trocken und dachte darüber nach, dass ich hier circa 3000 Kilometer von Deutschland entfernt einen Ostdeutschen traf – zumindest einen halben. Das war mir in der Bundesrepublik noch nie passiert. Die DDR war für mich gefühlt weiter weg als die USA – wie ein anderer Stern.

Hassan musste lachen und fragte: „Seit wann bist du hier, bist du auch im Mahad?"

„Klar, seit zwei Monaten."

Wir unterhielten uns nur kurz, er war mit einem Freund hier: Ali, der wiederum eine englische Freundin hatte.

Einige Schülerinnen aus dem Mahad hatten inzwischen Freunde: Araber oder Mitschüler.

Für die Araber war das fast die einzige Möglichkeit für Kontakte, so dachte ich – aber ich wollte hier sicherlich keinen Freund haben, der einen womöglich einschränkte.

In Deutschland hatte ich gerade vor der Abreise eine zweijährige Beziehung beendet, die zum Schluss nur noch nervig war.

Hier war ich froh, mich auf die Sprache, auf Land und Leute konzentrieren zu können.

Mit Hanna, Monique, Suha und Rania hatte ich genügend Freundinnen.

Ich fand Hassan nett, wollte aber lieber tanzen, was ich auch tat. Hanna hingegen hatte sich inzwischen schon mit einem Syrer angefreundet – Mouayad, der sogar ein Auto hatte – absoluter Luxus.

„Wann machen wir eigentlich den Ausflug?“, fragte ich Hanna. „Bekommst du das Auto am Sonntag?“

„Ja, geht klar, Mouayad braucht sein Auto nicht. Ich hole dich gegen 12 Uhr ab.“ Ich wunderte mich zwar, dass ein Araber seiner Freundin sein Auto leiht – aber mir sollte es egal sein – Hauptsache wir konnten uns mal ausgiebig die Umgebung anschauen.

„Okay“, für heute hatte ich genug. Genug getanzt und genug gequatscht: auf Deutsch und auf Englisch, mein Arabisch war noch nicht gut genug.

Mit dem Auto unterwegs

Mit dem Auto in Damaskus zu fahren war eigentlich ein Vergnügen.

Gleichzeitig geriet der Puls ständig auf 180, denn auf Verkehrsregeln konnte man sich in keiner Weise stützen: Der, der vorne war, durfte zuerst fahren und Ampeln galten eher als Richtschnur denn als Bestimmung. Wenn niemand zu sehen war, fuhr man einfach weiter. Das bedeutete zwar häufiger Beulen und Kratzer, aber das Prinzip war einfach: Der Stärkere beziehungsweise der Schnellere hatte Vorfahrt. Eine Regel, die auch einfachere Gemüter schnell beherrschten und umsetzen konnten.

Auch waren bei diesem Prinzip Verkehrsschilder so gut wie überflüssig und die wenigen beachtete sowieso niemand.

Zuerst fand ich das befremdlich und für eine Autofahrerin, die den deutschen Schilderwald gewohnt war, etwas beängstigend. Aber dann fand ich Gefallen an dem syrischen Verkehrssystem und es überzeugte mich in seiner Einfachheit.

Schweißausbrüche beim Autofahren bekam ich erst später wieder in Göttingen, als ich beim Betrachten der vielen Verkehrsschilder Panik bekam, sodass ich anhalten musste und erst nach einer Besinnungszeit die Orientierung wiederfand.

Alles klärte sich auf, als ich Suha und Rania, die beiden ältesten Töchter „meiner" Familie zur Fahrprüfung begleitete, zumindest was sich so nannte.

Auf einem stillgelegten Truppenübungsplatz mussten sie circa 100 Meter vor- und zurückfahren, wobei Suha das Auto, einen Uraltkäfer, mehrfach abwürgte.

Aber natürlich hatten sie bestanden. Ob das nun daran lag, dass ein Verwandter in der Verkehrsbehörde arbeitete, oder weil man zwei hübsche Frauen natürlich nicht durchfallen lässt oder ob diese

„Prüfung“ dem Standard entspricht, das ließ sich leider nicht herausfinden. Und ich hatte mich noch gewundert, dass sich beide extra schick angezogen hatten.

Hanna holte mich an einem Sonntag ab. Mit dem Auto. Wir wollten in das Gebirge einen Ausflug machen. „Dort gibt es schöne Dörfer und herrliche Aussichtsplätze“, erklärte Hanna.

Woher sie diese Informationen hatte, ließ sie zwar offen, aber es klang einleuchtend. Im Allgäu war es genauso.

Wir fuhren zuerst zum alten Marktplatz, dem Sahat al-Merje, um etwas Obst zu kaufen – unübersehbar stand dort ein unvollendetes Hochhaus, das inzwischen wie eine Ruine wirke. Angeboten wurden an vielen Ständen Äpfel, Eier, Hühner, Tonnen mit verschiedenen eingelegten Gemüsesorten und natürlich Fleisch, das in kleinen Verschlägen offen auslag und das auch bei Fliegen großen Anklang fand. Dort war immer was los, dort war der Umschlagplatz für alles, was man verzehren, konsumieren konnte. Jede deutsche Gewerbeaufsicht hätte dem Treiben dort sicherlich sofort ein Ende bereitet, aber die Syrer überlebten ihre Lebensmittel offensichtlich.

Es wurde auch gemunkelt, dass dort philippinische Prostituierte in kleinen heruntergekommenen Wohnungen auf Kunden warteten. Offiziell war das horizontale Gewerbe in Syrien wie überall in der islamischen Welt verboten, aber wie überall gab es natürlich alles, was es sonst auch gab auf der Welt.

Man musste nur die richtigen Kontakte haben, schon war alles möglich. Wenn auch sehr im Geheimen.

Wenn ich vom Zentrum aus zu meiner Familie in die Altstadt ging, machte ich häufig einen Abstecher zum Merje, um zu schauen, was es gab, oder auch, um eventuell etwas zu trinken: Rosenwasser, das die Verkäufer in körpergroßen Blechgefäßen auf dem Rücken trugen und kunstvoll in Gläser einschenkten, von denen ich lieber nicht wissen wollte, wann sie das letzte Mal gespült worden waren.

Oder ich genehmigte mir in einem der vielen Fruchtsaftstände einen frisch gepressten Saft oder Bananenmilch, die es überall in Damaskus gab.

Ich kaufte oft für die Familie ein, einfach auch, um etwas Abwechslung in den Speiseplan zu bringen. Meine Familie war nicht arm, aber knapp war das Geld schon und sie brauchten das tägliche große runde Fladenbrot, um richtig satt zu werden.

Eines Tages im Herbst jedenfalls, als ich wieder einmal auf dem Merje war, suchte ich vergebens nach etwas, das ich bis dahin immer reichlich vorgefunden hatte: Tomaten.

Tomaten waren wirklich erschwinglich und schmeckten ausgezeichnet, nach Tomate und nicht nach Wasser wie oft in Europa.

Nachdem ich den ganzen Markt vergebens abgesucht hatte, fragte ich einen Händler: „Wo sind denn Tomaten, warum gibt es heute keine?"

„Tomaten *mafi*", hörte ich. *Mafi* war das Umgangswort für „gibt's nicht". Das hörte man in jedem zweiten Satz. „Dies gibt's nicht, das gibt's nicht" bezog sich meist aber auf knappe Lebensmittel wie Milch, Öl oder Reis, für die man schon mal lange durch Damaskus pirschen musste, bis man fündig wurde.

Aber Tomaten? Da erbarmte sich ein Kartoffelverkäufer und klärte mich auf: „Mensch Mädchen, jetzt gibt es keine Tomaten mehr, frag nächsten Sommer wieder." Ich konnte es kaum fassen.

Aber wie sollte es auch anders sein: Ich als mitteleuropäisches Supermarktkind, aufgewachsen in dem Bewusstsein, dass das ganze Jahr alles auf den Tisch kommt, was man so essen kann! Und nun das: Peinlich!

Der Ausflug

Wir fuhren an die Peripherie von Damaskus und merkten nun, wie groß diese Stadt war. Sicherlich lebten inzwischen mehr als die offiziellen zwei Millionen dort – so genau wusste das keiner. Wir passierten typische einfach gebaute, höchstens dreistöckige Häuser. Nur der Gestank der Abgase störte.

Unsere Autotour war tatsächlich beeindruckend: Bergcafés wie in den Alpen gab es natürlich nicht, aber die Gegend bestach mit ihrer Schönheit: In karge Gebirgslandschaften waren einfache Straßen gebaut, die aber ihren Zweck erfüllten. Zwischendrin fuhren wir immer wieder durch kleine Dörfer – nur ein paar Häuser an der Straße entlang – die aber immer seltener wurden. Die Zeit verflog.

Plötzlich ging es nicht mehr weiter. Vor uns war quer über der Straße eine Schranke mit Schlagbaum, auf der in Arabisch das Wort *hudud* stand.

„Weißt du, was das heißt?“, fragte ich Hanna, die ja immerhin seit zwei Jahren Islamwissenschaften studierte.

„Nee, keine Ahnung. Wart mal, ich schau nach“, antwortete sie und kramte bereits in ihrer Tasche nach dem Wörterbuch.

Da bemerkte ich eine kleine, halb verfallene Holzhütte etwas abseits vom Schlagbaum, aus der plötzlich ein schon etwas älterer Mann mit der arabischen Kopfbedeckung, der *Keffijah,* trat und auf uns zukam:

„Merhaba, schu bedkon hun“, meinte er zu uns.

„Er will wissen was, wir hier machen“, zischte Hanna mir zu. Aber so viel hatte ich gerade noch verstanden. *Rihla* meinte ich, einen Ausflug.

„Hudud heißt Grenze!“ Hanna schrie fast, offensichtlich hatte sie die entsprechende Übersetzung gefunden. „Wir sind an einer Grenze, das muss die libanesische sein!“

So weit wollten wir natürlich nicht. Dass die Grenzregion zum

Libanon, in dem seit Jahren Bürgerkrieg herrschte, speziell bewacht wurde, war auch uns bekannt. Immerhin hatte Syrien Truppen im Libanon – ursprünglich auf Beschluss der Arabischen Liga – und definierte sich als Schutzmacht, was auch immer das heißen mochte.

Schnell versuchte ich mein Geschichtswissen abzurufen: Großbritannien und Frankreich hatten den Nahen Osten im Sykes-Picot-Abkommen 1916 unter sich aufgeteilt, nachdem sie arabischen Stämmen vorher für ihre Beteiligung im Kampf gegen des Osmanische Reich die Unabhängigkeit versprochen hatten. Nach dem ersten Weltkrieg wurde der Libanon vom so genannten großsyrischen Gebiet abgetrennt und ebenso wie Syrien französisches Mandatsgebiet. Palästina, sowie die Gebiete, die Jordanien und der Irak wurden, kamen unter britisches Mandat. „Kein Wunder, dass die Landkarte des Nahen Ostens aussieht wie mit dem Lineal gezogen“, dachte ich. Das war tatsächlich so: Alle Staaten waren künstliche Gebilde. Und die Araber lebten seither im Trauma der westlichen Verschwörung gegen die Arabische Welt. Das Selbstbestimmungsrecht der Völker galt nicht für die Menschen des Nahen Ostens: Der amerikanische Präsident Wilson hatte 1918 in seinem 14-Punkte-Programm bestimmt, dass denen, die unter osmanischer Herrschaft standen, nur eine zuverlässige Sicherheit des Lebens und eine selbstständige Entwicklung gegeben werden soll. „Peace to end all Peace“ wurden diese Nachkriegsordnung auch genannt.

Zwischen Syrien und dem Libanon bestand ein reger Schmuggelverkehr: Zigaretten, Papierwaren und vieles andere mehr:

„Lucky, Lucky“ hörte man ständig auf den Straßen von denen, die diese aus dem Libanon geholte amerikanische Marke verhökern wollten.

Eine Einreise in das Nachbarland war nicht ratsam, deshalb hatten wir das auch gar nicht erst geplant. Und nun standen wir mitten im Gebirge, circa eineinhalb Autostunden von Damaskus entfernt, vor einer Grenzstelle. Wenn auch nur einer kleinen.

Überraschung

Die Schranke war unten. Das war okay.

Doch der ältere Mann, der hier offensichtlich zur Überwachung der Grenze eingeteilt war, meinte plötzlich: „*Dschauasat.*" Er wollte also unsere Pässe sehen.

Doch statt unsere Papiere anzuschauen, starrte er nur darauf und murmelte: „*Almania imberialia, almania imberialia.*" Im syrischen Sprachgebrauch wurde unterschieden zwischen *almania imberialia,* also dem imperialistischen Deutschland für die Bundesrepublik und *almania demokratia,* dem demokratischen Deutschland für die DDR.

Mit einer Handbewegung deutete uns der Grenzposten nun an, auszusteigen und in seine Hütte mitzukommen.

Innen war sie genauso einfach wie von außen: ein Schreibtisch, zwei Stühle, und natürlich ein Ofen, auf dem, wie üblich, eine Teekanne stand.

Wir saßen da, uns immer elender fühlend. Vor allem verstand er uns nicht und wir ihn nicht. Er telefonierte nun schon das dritte Mal und noch immer bekamen wir nicht mit, um was es ging. Außer den Worten *almania imberialia, seiara* für Auto und *nisa* für Frauen verstanden wir nichts, er sprach auch in einem Dialekt, der rein gar nichts mit dem Arabisch zu tun hatte, das wir lernten.

Plötzlich erhellte sich seine Miene und er meinte: „*Tantasarun huna.*" Also warten sollten wir, aber auf was! Das war die Frage.

Offensichtlich waren wir verhaftet oder so etwas ähnliches, denn unsere Pässe behielt er ein.

Seine gute Laune behielt er aber und bot uns unermüdlich Tee an, was wir zunächst ablehnten – irgendwann aber durstig annahmen.

Unsere Verzweiflung wuchs zusehends: Hanna hatte langsam Tränen in den Augen: „Was ist, wenn sie uns rauswerfen, wir sind doch gerade erst angekommen, ich muss doch richtig Arabisch lernen."

Auch ich musste schlucken. Zwar glaubte ich in diesem Moment nicht, dass uns etwas passieren könnte, aber die Aussicht, die Aufenthaltsgenehmigung entzogen zu bekommen, war höchst beunruhigend.

Wir versuchten diesem Gemütsmenschen unsere Situation klar zu machen, dass wir nur Studentinnen seien, die einen Ausflug ins Libanongebirge machen wollten, ganz harmlos. Immer wieder. Doch wie gesagt, mit der Verständigung klappte es überhaupt nicht.

Dafür wiederholte er das Wort *dschasus*. Hanna schaute im Wörterbuch nach und erbleichte: „Spione, sie halten uns für Spione, Lisa", stammelte sie und kippte fast vom Stuhl.

Nun war es auch mit meiner Beherrschung vorbei und auch mir stiegen nun vor Zorn Tränen in die Augen. „Mist", schrie ich, „wir sind keine Spione", aber genauso gut hätte ich auch die letzten Fußballergebnisse von mir geben können, der Adressat blieb unbeeindruckt. „Versuchen wir es mit *Bagschisch*", flüsterte ich Hanna zu, „das wirkt doch ab und zu." Ein paar Lira, Dollar oder D-Mark wirken oft Wunder. *Raschua* – wie Bestechung hier heißt – war ein weit verbreitetes Übel – es wurde mehr als Trinkgeld gesehen. Ich kramte in meiner Tasche und hielt unserem Bewacher 200 Lira hin – aber er machte nur eine Armbewegung und drehte sich um: gepokert und nicht gewonnen.

Nach Stunden des Wartens – wie viele genau wussten wir nicht – unsere Nerven waren mehr als angespannt – tauchten zwei Autos auf mit Damaszener Nummernschild. Wir schöpften Hoffnung, doch auch diesmal wurden wir enttäuscht, denn drei Typen forderten uns nur auf einzusteigen, zwar sehr freundlich, aber Englisch konnten sie auch nicht.

Wir sollten nach Damaskus mitkommen, so viel war klar. Doch Hanna wollte das Auto ihres Freundes nicht zurücklassen und bestand mit weiblicher Sturheit darauf, damit zurückzufahren, was schließlich auch gestattet wurde, aber natürlich nicht allein, sondern in Begleitung. Doch ich musste mit den Leuten ins Auto, von denen ich immer noch nicht genau wusste, wer sie waren.

Doch ich ahnte es: Mucharbarat, syrischer Geheimdienst.

Verhaftet?

In Damaskus landeten wir im Kellergeschoss eines großen Hauses, das wie ein Büro eingerichtet war. Wir warteten sehnsüchtig auf jemanden, mit dem wir uns verständigen konnten: Englisch, Französisch, sogar Deutsch, egal, Hauptsache wir konnten unsere Geschichte erzählen.

Nach zwei Stunden, die wir wieder mit warten und Tee trinken verbracht hatten, hörten wir endlich eine vertraute Sprache: „Hello, what's your name?" Endlich jemand, der uns verstand und dem wir alles erklären konnten. Erleichtert berichteten wir alles: Dass wir einen Ausflug unternehmen wollten, zufällig an der Grenze zum Libanon gelandet, ansonsten aber harmlos und müde seien.

Nach einer kurzen Minute des Schweigens, in der er mehrmals über seinen beeindruckenden Schnauzbart strich, antwortete unser Gegenüber nur: „Nobody makes a trip to the lebanese border", und verschwand.

Unsere Verzweiflung wuchs. Nur die Hoffnung, dass dies alles nicht mit einer Ausweisung enden würde, verhinderte, dass wir nicht anfingen, alle wüst zu beschimpfen oder tatsächlich einen Nervenzusammenbruch bekamen.

Wieder hieß es warten. Bis wir nochmals in einen beigefarbenen Wagen steigen mussten, vergingen weitere Stunden.

Hanna neben mir rechnete offenbar mit dem Schlimmsten, denn sie meinte nur in ihrem Frankfurter Dialekt: „Lisa, de Menschen in Südamerika verschwinden genauso." Doch meine Erwiderung: „Wir sind hier nicht in Südamerika, sondern in Syrien!", wirkte nicht gerade beruhigend.

Irgendwann landeten wir nicht in irgendeinem Kellerverlies, sondern in einem stattlichen Gebäude mit hohen Eingangstüren.

Wir wurden in ein großes Büro geführt, das mit dicken Teppichen ausgelegt war. Eine Sitzgruppe mit üppigen Ledersesseln war um einen schönen Holztisch drapiert und weiter hinten stand ein riesiger Schreibtisch. An der Wand hingen gerahmte Bilder, auf denen Hirsche und Wälder zu sehen waren. Und natürlich wie überall ein Foto des Präsidenten Hafiz al-Assad.

Hinter diesem alles einnehmenden Möbelstück saß ein circa einssechzig großer Mann, Mitte fünfzig, und hieß uns willkommen – auf Englisch, was uns etwas beruhigte.

Wir vermuteten, dass es sich um einen hochrangigen Polizeioffizier oder Geheimdienstler handeln musste.

Dieser Mann jedenfalls, der sich nicht vorstellte, war äußerst höflich – und sprach gut Englisch, denn er hörte sich unsere Geschichte von A bis Z an, lächelte, bot uns etwas zu trinken an und meinte dann: „Okay. I believe you – interesting, interesting." Dann, nach einer kurzen Pause: „But what do you think about Arab men?"

Hanna und ich glaubten uns verhört zu haben. Warum wollte er wissen, was wir über arabische Männer dachten?

Wir konnten es nicht glauben. Seit unserer „Verhaftung" an der libanesischen Grenze dürften ungefähr zehn Stunden vergangen sein. Inzwischen war es Nacht. Hanna und ich waren total verschwitzt und fertig und bestimmt nicht sehr ansprechend anzuschauen.

Aber offensichtlich immer noch attraktiv genug – einfach weil wir Europäerinnen waren – um allerlei Männerfantasien frei werden zu lassen.

„Oh, very interesting, very nice", entschloss ich mich schließlich zu antworten, um dem Gespräch eine hoffentlich positive Wendung zu geben und natürlich, um von dem „Vorfall" abzulenken.

Vielleicht wurde er so gnädig gestimmt.

So zog sich das Gespräch hin, man sprach über dies und über das – Smalltalk im besten Sinne.

Nur der Grund unseres „Verhörs“ interessierte offensichtlich überhaupt nicht mehr.

Um zwei Uhr schließlich kam von ihm, der inzwischen eigentlich ganz sympathisch schien, das erlösende: „Okay, you can go. But if you want, we can meet each other again for dinner.”

Was nun, dachte ich, wie reagieren? Wir wollten so schnell wie möglich zurück, sicherlich machten sich schon alle möglichen Leute Sorgen. Doch mit ihm wollte ich nun auch nicht ausgehen, also antwortete ich: „I'd like to have dinner with you – of course with my husband.“

Mit einem Ehemann konnte ich ihn vielleicht abschrecken. Und tatsächlich, seine Mine verfinsterte sich etwas, als er meinte: „Oh, you are married.“

„Yes, and my friend is engaged.“

So schnell war wohl noch niemand verheiratet und verlobt wie wir zwei in diesem Moment.

Hanna stieß mich an, doch ich lächelte nur.

„Ok – you can go.”

Mein Trick hatte funktioniert, er stand zu seinem Wort.

Wir konnten gehen und hatten unsere Ruhe.

„Was ist, wenn er uns nachspioniert und herausfindet, dass es gar keinen Ehemann oder Verlobten gibt?“, gab Hanna zu bedenken.

„Glaube ich nicht, hat er nicht nötig.“

Und ich behielt Recht. Wir hörten nie mehr etwas von ihm, der Polizei oder sonst wem.

Anfangs hatten wir noch eine Zeit lang die Befürchtung, dass das Auto verwanzt sein könnte. Aber das legte sich nach einigen Tagen.

Diese Erfahrungen mit dem syrischen Geheimdienst beziehungsweise der Polizei blieben erfreulicherweise unsere einzigen während des gesamten Aufenthalts.

Das Hotel Sham

Wie schon gesagt, als ich Hassan das erste Mal sah, auf einem Fest bei Abu Masen, war ich nicht gerade hin und weg, aber sympathisch war er mir damals schon.

Ich erkannte ihn gleich wieder. Er saß mit ein paar Freunden – Arabern und Europäern – im Café des Hotels *Sham* im Zentrum von Damaskus.

Das 5-Sterne-Hotel *Sham* hatte mehrere Funktionen: Es war vor allem für Leute aus dem Westen eine Art Oase, wenn man von dem Lärm der Millionenstadt genug hatte und in einem klimatisierten Raum in Ruhe einen Cappuccino trinken wollte. Es hatte einen Zeitungskiosk, wo man westliche Zeitungen und Zeitschriften erstehen konnte – wenn auch in manchem „Spiegel" Artikel über den Nahen Osten fehlten oder nackte Haut geschwärzt war. Es beherbergte eine Pizzeria und hatte zwei Kinosäle, in denen man Filme aus dem Westen schauen konnte – natürlich nicht die neusten, aber immerhin, man hatte die Chance mal abzutauchen und etwas gewohnte Kultur zu kosten.

Toll war auch die Diskothek des Hotels. Oft kamen alle Generationen einer Familie – die Kinder schliefen dann irgendwann ein – Orientalen sind da viel unkonventioneller.

Interessant war es dabei zu beobachten, wer zuerst in den Sesseln einschläft: Die Kinder oder die Großeltern. Popmusik und arabische Musik wechselten sich ab – und die Stimmung begeisterte. Ich habe in kaum einer anderen Disco in Deutschland mehr Stimmung erlebt als dort – wenn sie voll war.

Aber, wie bereits erwähnt, war das Glanzstück das an der Straße gelegene Café.

Für arabische Jugendliche war es eigentlich zu teuer, aber dieser Ort war häufig Ziel von Verlobten – meist in Begleitung irgendeines

Anstandswauwaus aus der Verwandtschaft, der aufpasste, dass sich das Paar nicht zu nahe kam.

Im Sham-Café – *Sham* ist ein arabischer Name für die Levante oder auch für Damaskus – konnten sich Frauen aufhalten: Araberinnen wie Ausländerinnen.

Dort konnte man als Frau auch in Ruhe alleine sitzen und einen Kaffee trinken. Eine wirkliche Wohltat, die ich oft auskostete.

Bei einer solchen Kaffeepause also erblickte ich Hassan wieder.

Seit der Fete waren ungefähr vier Wochen vergangen und ich hatte nicht weiter an ihn gedacht. Doch nun blickte er mich an, erkannte mich und ich muss zugeben, als er lächelte, gefiel mir das.

Hassan studierte Ökonomie an der Uni von Damaskus. Seine Mutter kam aus der DDR. So viel wusste ich schon. Hier in Syrien war sozusagen neutrales Gelände und man hatte offensichtlich die Chance, Ostdeutsche zu treffen und relativ normal mit ihnen umzugehen.

Wie gesagt. Oftmals war die erste Frage, die einem von Syrern gestellt wurde: Aus *Almania rarbia* (Westdeutschland) oder auch *Almania imberialia* oder aus *Almania demokratia* – also BRD oder DDR.

Manchmal antwortete ich etwas genervt: Ich komme aus dem westlichen und demokratischen Deutschland, was dann meinen Gegenüber in einige Verwirrung stürzte. Manche Männer wollten auch mit dieser Frage nur herausfinden, ob eine Kontaktaufnahme lohnte, denn Sozialismus war nicht attraktiv. Wenn ich entsprechend drauf war, gab ich gleich vor, aus Ostdeutschland zu kommen, dann war Ruhe.

Hassan lud mich auf Deutsch ein, an seinem Tisch zu sitzen, dann unterhielten wir uns zusammen mit seinen Freunden auf Englisch-Arabisch, denn wir wollten niemanden ausschließen.

Er gefiel mir immer besser. Er hatte Humor und ein erfrischendes Lachen.

Auch seine Freunde machten einen guten Eindruck.

Wir verabredeten uns für den nächsten Tag – allein.

Erstes arabisches Date

Wir trafen uns nicht im Sham-Café, da wir keine Lust auf Gesellschaft von Bekannten hatten, sondern im „Toledo", einem weiteren Treffpunkte in Damaskus, an dem man ungestört sein konnte. Aber es lag nicht so zentral wie das Sham-Café und die Atmosphäre war etwas steifer. Dort verkehrten hauptsächlich die etwas älteren Damaszener Wohlsituierten und es war eher eine Bar, wenn man ein syrisches Lokal überhaupt so nennen kann, als ein Café, und vor allem abends gut besucht.

Gegen 16 Uhr öffnete es gerade und wir waren die ersten Gäste.

Hassan sah gut aus mit seinem gewinnenden Lächeln und ich glaube, er wusste es auch.

„Na, wie gefällt es dir nun bei uns?", war seine erste Frage.

„Wirklich toll", antwortete ich – und es war nicht gelogen. Ich liebte inzwischen Damaskus, vor allem die Altstadt, den Basar, also den *Suq al-Hamidiya,* der in den Vorplatz zur Omayaden-Moschee überging und die Moschee selbst. Dieser Ort war immer ein besonderer: Zu Urzeiten wurde er bereits für kultische Rieten genutzt. Die Römer bauten zuerst einen Tempel, der dann im vierten Jahrhundert zu einer Basilika wurde. Auch Johannes der Täufer soll dort sein Grab haben.

Seit dem achten Jahrhundert nun, kurz nach der muslimischen Eroberung von Damaskus, steht dort die Omayaden-Moschee, eine der berühmtesten und ältesten Moscheen der islamischen Welt.

Und in einem Mausoleum daneben fand Saladin, erfolgreicher Bezwinger von Kreuzrittern, seine letzte Ruhestätte – eine Renovierung wurde mitfinanziert von Wilhelm II., dem letzten deutschen Kaiser.

Manchmal, wenn ich entspannen wollte in kühler Umgebung, ging ich in diese Moschee. Dort konnte ich total abschalten, ich genoss die Ruhe. Es war schön, dass die Gotteshäuser den ganzen Tag geöffnet waren – ständig kamen Gläubige, um zu beten.

Mein Lieblingsweg führte vom Sham-Café hinunter zur Post, dann am alten Bahnhof vorbei, den noch die Franzosen gebaut hatten, weiter zum Basar: zum *Suq al-Hamidiya.* Die vielen verschiedenen Läden, die unterschiedlichen Gerüche, die ihre Ware anpreisenden, manchmal auch etwas aufdringlichen, aber doch immer netten Händler, und an der Moschee dann die verschiedenen Handwerker, begeisterten mich jedes Mal.

Auch die Gerade Straße war einer meiner Lieblingsplätze: Sie wurde schon in der Bibel erwähnt und führte vom Suq al-Hamidiya zum *Bab Scharki,* dem Osttor der Altstadt.

Auf der Geraden Straße wandelte schon Paulus – in Damaskus hatte er sein Erleuchtungserlebnis. Hier entstanden einige der ersten christlichen Gemeinden.

Links und rechts der Straße fand man die schönsten Möbel- und Souvenirläden von Damaskus und wenn ich mehr Geld zur Verfügung gehabt hätte, hätte ich diese Straße wahrscheinlich leer gekauft. Doch so leistete ich mir nur zwei Tischchen mit den herrlichen typisch Damaszener Einlegearbeiten: Mosaikkostbarkeiten in herrlichen schwarz-weiß-braunen Mustern, ein Backgammonspiel und verschiedene Decken in allen möglichen Farben und Formen.

Nach weiteren zwanzig Minuten durch die Altstadt war ich dann in meinem Zuhause bei Abu Bassam. Diesen Weg war ich inzwischen unzählige Male gegangen – und ich liebte ihn.

Ich blickte Hassan an. Wie wichtig würde er für mich werden?

Wir unterhielten uns noch eine Zeit lang, er hatte darüber nachgedacht in Deutschland zu studieren, den Gedanken aber wieder verworfen, da er keine Lust darauf hatte Ausländer zu sein.

Ob er damit die DDR oder die BRD meinte, war unklar.

Jedenfalls verstanden wir uns gut und Sympathie gab es auf beiden Seiten, so schätzte – oder hoffte ich.

Als wir uns verabschiedeten, gab er mir einen kleinen Kuss auf die Wange – in einem Hauseingang, so dass uns niemand sehen konnte, denn Zärtlichkeiten in der Öffentlichkeit waren tabu, *aib*.

Zum ersten Mal störten mich diese gesellschaftlichen Zwänge wirklich und meine Prinzipien interessierten mich plötzlich nicht mehr.

Fester Freund

Von nun an sahen wir uns fast täglich: Wir trafen uns nach dem Mahad, tranken einen Kaffee im Hotel Sham. Abends waren wir ebenfalls oft in dieser Gegend, kauften uns ein Eis und bummelten durch dieses Viertel, wobei bummeln wörtlich zu verstehen ist. Araber schlendern gemächlichen Schrittes vor sich hin: Dies führte zumindest anfangs zu Schwierigkeiten zwischen Hassan und mir, denn der deutsche „Marschschritt", wie er ihn nannte, war für einen Orientalen eindeutig zu schnell. Hassan regte sich wirklich oft auf, wenn ich wieder davonstürmte und meinte dann oft: „Du rennst wie meine Mutter." Aber für mich war dieser gemächliche Gang ungewohnt – ebenso übrigens wie der allgemein übliche lasche Händedruck, der ebenfalls gewöhnungsbedürftig war. Aber dann stellte ich mich doch um und siehe da, irgendwann fand ich diese langsame Fortbewegung sogar gemütlich ... Sich abends irgendwo lange hinzusetzen war nicht üblich, auch sicherlich, um nicht Geld ausgeben zu müssen – oder weil es vielleicht als langweilig empfunden wurde, irgendwo zu hocken, während andere vorbeigingen, die ja dann viel mehr sehen konnten.

Egal, bald war klar, dass wir zusammengehörten, und wir zeigten unsere Zuneigung, wenn nicht in der Öffentlichkeit, so doch öffentlich in dem Sinne, dass alle wussten, dass wir zusammen waren.

Alle, das waren seine und meine Freunde – und seine Eltern. Hassan hatte noch eine Schwester, Tuka, die in Latakia, der Stadt am Mittelmeer, in der Tischrin-Universität Medizin studierte und zwei Jahre jünger war. Sie wohnte dort bei Verwandten. Tischrin ist der arabische Name für Oktober – die Uni wurde nach dem Oktoberkrieg 1973 so benannt.

Ich traf Tuka nur zwei Mal bei den Eltern bei Festen und einmal besuchten wir sie. Latakia war eine beschauliche Stadt mit 400 000

Einwohnern am Mittelmeer, viel ruhiger als Damaskus und hatte eindeutig die bessere Luft. Viele Alawiten leben dort – nicht zu verwechseln mit Aleviten, die hauptsächlich in der Türkei beheimatet sind.

Ich glaube, Tuka mochte mich – öffnete sich aber mir gegenüber nicht zu sehr. Klar – sie kannte mich nicht wirklich und wusste auch nicht, wie lange die Beziehung mit ihrem Bruder gehen würde – ob es „was Ernstes" sei. Nur einmal vertraute Tuka mir an: „Ich bin so froh in Latakia zu studieren, da ist alles liberaler. Das liegt vielleicht auch an der Lage – ich liebe das Meer. Und hier tragen auch weniger Frauen Kopftuch. Ich bin hier viel freier – auch weit weg von meiner Familie und meine Tante ist locker. Ich kann machen, was ich will – fast, deshalb komme ich auch kaum nach Hause. Obwohl meine Eltern ja so weit wirklich in Ordnung sind."

„Ist dein Bruder auch locker?", fragte ich mich – sprach es aber nicht aus.

Hassans Mutter Helga war ebenfalls sehr freundlich zu mir, aber auf eine unverbindliche Art – so ganz normal war der Kontakt zwischen uns Ost- und Westdeutschen eben nicht. Auch ich war oft unsicher, welche Themen angebracht waren oder nicht: Konnte ich von Urlaubsreisen berichten oder den neusten politischen Entwicklungen, die ich so mitbekam? Besser nicht: Unsere Unterhaltungen beschränkten sich deshalb auf Themen wie das Wetter – über das offensichtlich alle Deutschen gerne reden –, syrische Ausflugsziele, Kochen. Helga hatte ein Labor im Zentrum von Damaskus. Und jeder, der wieder einmal Montezumas Rache hatte, gab dort eine Probe seiner Hinterlassenschaften ab. Die Laborgehilfin kannte ein einziges deutsches Wort – aber immerhin sehr flüssig: „Stuhlprobe".

Anschließend konnte man mit einem Medikament der Volkseigenen Betriebe (VEB) Leipzig dem Übel wieder zu Leibe rücken.

Helga jedenfalls nahm mich auf, ohne eine Bemerkung zu machen, dass ich von drüben sei oder sie oder wie auch immer.

Hassans Familie sprach zuhause Deutsch. Seine Eltern hatten sich in Dresden kennen gelernt, als Hassans Vater dort Medizin studierte. Helgas Arabisch war nicht so gut – auch nach über zwanzig Jahren Damaskus noch nicht, aber immerhin konnte sie sich beim Einkaufen verständigen. Auch wenn arabische Freunde zu Gast waren, konnte sie dem Gespräch einigermaßen folgen.

Doch ansonsten legte sie keinerlei Bemühen an den Tag, ihr Arabisch zu verbessern.

Da waren meine Sprachkenntnisse inzwischen fast genauso, fand zumindest ich.

Kein Wunder, denn der Unterricht am Mahad war wirklich gut – das machte sicherlich auch die tolle Atmosphäre in der Klasse aus. Wo man sich wohlfühlt, lernt man eben leichter.

Am meisten hatte ich aber im täglichen Gespräch mit meiner syrischen Familie gelernt – vor allem den Kindern. Wenn auch hauptsächlich Amia – die regionale Umgangssprache. Hocharabisch, das Fusha, wurde nur in den Nachrichten gesprochen oder wenn der Präsident eine Ansprache hielt. Die Leute untereinander aber sprachen Dialekt. „Wenn ein Marokkaner und ein Jemenite sich in ihren Dialekten unterhalten, verstehen sie sich fast nicht – sie weichen dann am besten auf das Hocharabisch aus – wenn sie es gelernt haben", lachte Bassam mal, als wir uns über die unterschiedlichen Dialekte in den 22 arabischen Staaten unterhielten.

Hassans Vater hatte im Zentrum von Damaskus eine gut gehende Arztpraxis. Er gehörte zur Mehrheit der sunnitischen Muslime, war aber nicht streng religiös, so trank er durchaus mal ein Glas Wein oder Bier und betete auch nicht zu den vorgeschriebenen Zeiten. Hassans Familie fastete auch nicht im Ramadan. „Von Sonnenaufgang bis Sonnenuntergang überhaupt nichts essen und trinken ist wirklich hart, vor allem wenn der Fastenmonat, der ja jedes Jahr circa elf Tage früher beginnt, im Sommer ist und man arbeiten muss."

Das brauchte er mir nicht zu erklären, ich konnte mir das überhaupt nicht vorstellen, aber natürlich gab es viele Gläubige, die diese Regeln einhielten. Verboten zudem: Sex und Rauchen. Eine Zeit der Besinnung – aber oft wurde die Nacht zum Tag gemacht. Hassan war zwar Muslim durch seinen Vater, seine Mutter war nie konvertiert, auch er trank gerne mal ein Glas Wein oder Bier „Für mich ist Religion etwas Persönliches und nicht von äußeren Regeln abhängig", so sein Credo.

Hassans Vater sah das genauso – obwohl er wohl gläubiger war als Hassan: Oft sah ich ihn – wie so viele Muslime – die Gebetskette, die *Misbaha* beten: Er ließ dann die 33 oder auch 99 Perlen der Kette, die stellvertretend für die Namen Allahs stehen, durch seine Finger gleiten oder sprach *Subhan Allah* (Ehre sei Gott), *Allahu akbar* (Gott ist größer) und *al hamd ulillah* (gelobt sei Gott).

Vor allem Letzteres *al hamd ulillah* hörte man ständig: vor allem als Antwort auf die Frage: „Wie geht's?" Auch schon von kleinen Kindern. Das nervte anfangs, da ich exakte Angaben gewöhnt war – aber ich gewöhnte mich daran und ertappte mich irgendwann dabei, auch auf die Frage „wie geht's?", selbst Gott auf Arabisch zu loben.

Christen wie Muslime zeigten selbstverständlich ihre Religion, sie gehörte einfach zum Leben dazu. Atheisten werden nicht geachtet – es ist verdächtig, wenn jemand gar keinen Glauben hat.

Hassans Vater verdiente als Arzt mit eigener Praxis überdurchschnittlich gut. Ob Hassans Familie mich als Zukunftsoption betrachtete oder eher als momentane Freundin, wusste ich nicht und das war mir auch egal. Ich wusste auch, dass Hassan vor mir schon zwei ausländische Freundinnen hatte, doch das interessierte mich nicht. Was zählte, waren allein meine – unsere Gefühle. Und die waren stark.

Als ich zum ersten Mal bei seinen Eltern eingeladen war, wusste ich nicht, ob ich die deutschen oder die arabischen Gastregeln anwenden sollte.

Die arabischen hießen: Verspätung ist ok. Man bringt ein Geschenk mit, das aber nicht sofort ausgepackt wird, denn es könnte ja vielleicht nicht gefallen und so der Gast brüskiert werden – auch wenn man sich alle Mühe gab, sich dies nicht anmerken zu lassen. Erst beim nächsten Treffen – oder mittels eines Anrufs – bedankt man sich dann freudig.

Am besten schenkt man etwas, das man auf- bzw. ausstellen kann. Nippes würde man bei uns dazu sagen. Süßigkeiten sind ebenfalls beliebt, da teuer, oder auch Kaffee.

Blumenläden gab es zwar auch, waren aber nur bei Reichen gerne gesehen. Alle anderen hielten das für Verschwendung.

Nach dem Essen geht man dann wieder zügig. Langes Festsitzen ist normalerweise nicht vorgesehen.

Es stellte sich bald heraus, dass bei Hassans Eltern eine Mischung aus orientalischer und westlicher Gastfreundschaft üblich war: Einigermaßen pünktliches Erscheinen wurde erwartet und nur Geschenke von Europäern oder Amerikanern wurden sofort ausgepackt. Dafür blieb man nach dem Essen noch gerne gemütlich beisammen. Aber es galt auch die ungeschriebene Drei-Mal-Regel: Erst nach mehrmaligem Ablehnen ist es angemessen, Geschenke anzunehmen oder bei Getränken oder Essen zuzugreifen. Dies hatte zu Beginn meines Aufenthalts in Syrien zu Unstimmigkeiten geführt, da ich – wenn ich zum Beispiel einen Kaffee für mich machte, nur einmal in die Runde fragte, ob jemand etwas wollte – und nur mir dann genüsslich einschenkte, wenn kein Ja kam. Erst mit der Zeit lernte ich, mehrmals nachzufragen – bei arabischen Freunden. Bei deutschen Freunden blieb es bei einem einmaligen verbalen Angebot.

Auch machte ich nur einmal, bei meinem ersten Besuch bei Hassans Eltern, den Fehler, einen Gegenstand länger zu betrachten und zu betonen, wie schön er doch sei. In diesem Fall war das ein kleines, aber edles Holzkästchen mit den typischen Holz-Mosaik-Maserungen. Hassans Vater fühlte sich sofort verpflichtet – in typischer für uns übertriebener Gastfreundschaft – mir das Kästchen zu schenken:

„Hier nimm, es ist deines. Es gehört dir." Alle Beteuerungen, dass ich es wirklich nicht wolle und meine Begeisterung doch nicht so gemeint sei, halfen nichts: Nachdem ich dann noch ein „Willst du mich beleidigen?" hörte, nahm ich notgedrungen das Kästchen. Von da an versuchte ich immer krampfhaft bei Einladungen meinen Blick nicht lange auf etwas haften zu lassen, was wirklich nicht immer leichtfiel.

Ansonsten waren Hassans Eltern immer freundlich zu mir, blieben aber etwas distanziert. Vielleicht hatte es damit zu tun, dass ich Westdeutsche war. Syrien und die DDR arbeiteten bestimmt auch auf Geheimdienstebene eng zusammen – man wusste also nicht, ob nicht dieser „Westkontakt" irgendwo registriert wurde. Wir führten keine politischen Gespräche und ich wollte das auch nicht. Ich fühlte mich dem Nahen Osten mehr verbunden als Ostdeutschland.

Hassans Vater erzählte mir oft von Ausländern, meist Europäern, die nach Damaskus oder in ein anderes arabisches Land kommen würden, um ein schnelles Geschäft zu machen, aber von den Gepflogenheiten keinerlei Ahnung hätten und extrem schlecht vorbereitet seien. Bereits bei dem Wort „schnell" musste er meist schon lachen: „Wenn ich schon höre, dass jemand schnell ein Geschäft machen möchte, hat er schon verloren. In Arabien läuft nichts schnell, alles braucht seine Zeit und Geduld ist wirklich eine arabische Kunst. Ein amerikanischer Freund hat mal gemeint, dass wir hier eine IBM-Mentalität hätten: I für *insha allah* (so Gott will), B für *bukra* (morgen) und M für *ma lesh* (macht nichts). Feilschen und Verhandeln gehören hier immer noch zu jedem Geschäft."

Nun musste auch ich lachen – das stimmte wirklich: Wenn man einen Termin oder etwas Bestimmtes wollte, hörte man oft *bukra*, wenn dann der Termin am nächsten Tag nicht zustande kam: *ma lesch* und *insha allah* war wirklich die Antwort für alles: „Bis morgen dann" – *insha allah.*" Bis Freitag „In-shah allah." Man vertraute auf Gott, der wusste, ob ein Termin zustande kam. Auch diesen Spruch hörte ich mich irgendwann selbst sagen, statt konkret zu- oder abzusagen, so wie ich es gewohnt war. Und ans Feilschen im *Suq,* im Basar, hatte ich mich hier schnell gewöhnt.

Oft erzählte Hassans Vater noch von Touristen, die er in kurzen Hosen gesehen hätte, hierzulande einfach unmöglich.

Bald kannte ich alle Varianten von unpassendem Benehmen von Ausländern, die Hassans Vater entweder selbst getroffen hatte oder seine Freunde, viele Geschäftsleute darunter, hatten ihm davon in lustiger Runde erzählt – zur allgemeinen Erheiterung.

Eines Tages sah er mich an und meinte wieder. „Das Wichtigste, mein Mädchen, ist Geduld hier – geschäftlich wie privat." Dabei sah er mich an und ich hoffte, dass er damit nicht auf meine Beziehung mit Hassan anspielte, denn ein geduldiger Mensch war ich sicherlich nicht – im Gegenteil: Bei mir musste alles immer schnell gehen – auch Entscheidungen. „Erst muss eine Beziehung aufgebaut werden, das braucht Zeit, erst dann kann sie erfolgreich sein – auch geschäftlich. Bei uns gibt es ein Sprichwort, das alles aussagt über unsere Geduld, wirklich warten zu können."

Ich schaute ihn an und wartete gespannt, bis er schließlich feierlich kundtat: „Wenn der Mörder etwas mehr Geduld gehabt hätte, hätte sich die Sache von selbst erledigt." Ich musste lachen. Araber lieben Sprichwörter – und dieses war wirklich treffend. Ich vergaß es nie mehr und nahm mir vor etwas geduldiger zu werden. Was auch gelang – immerhin für zwei oder sogar drei Tage.

Die erste Nacht

Als wir uns das nächste Mal trafen, meinte Hassan: „Du, ich habe den Schlüssel zu Ibrahims Wohnung. Lass uns dahin gehen, sein Onkel ist verreist."

„Natürlich." Eigentlich war es nichts Ungewöhnliches, wir waren schon ab und zu mal in der Wohnung seines Freundes gewesen, um nicht immer in einem Café sitzen zu müssen, aber nie allein.

Die Wohnung lag neben der Wohnung von Ibrahims Onkel in der Abu Rumani, einer der noch von den Franzosen angelegten großen Alleen, einer sehr guten Adresse, allerdings auch sehr belebt. Und der Onkel schaute natürlich auch gerne mal nach seinem Neffen.

Ich wusste, dass wir miteinander schlafen würden – wir hatten uns Zeit gelassen.

Als wir in der Wohnung waren, die ich bereits kannte, setzten wir uns auf die großen Sitzkissen, die in einer Ecke ausgebreitet waren und eigentlich nur zur Zierde und zur Reminiszenz an frühere orientalische Einrichtungen dienten. Ibrahims Familie war ziemlich vermögend und wer Geld hatte, zeigte es auch. Alle Zimmer waren mit schweren teuren Möbeln ausgestattet und auf dem Boden lagen erlesenen Teppiche. Mein Geschmack war es nicht und Ibrahims auch nicht – alles hatten seine Eltern eingerichtet. Aber das war nun egal.

„Freust du dich?", fragte Hassan.

„Immer wenn ich bei dir bin", antwortete ich. Dann küsste ich ihn und wir gingen, ohne etwas zu sagen ins Schlafzimmer, das aus einem schweren Holzbett, zwei Schränken und einer Art Kommode bestand.

Wir setzten uns aufs Bett und ich öffnete langsam sein Hemd und küsste ihn. Hassan zeigte mir die Kondome, die er besorgt hatte, und lächelte. Kondome waren in den großen Städten in Apotheken erhältlich. Die Pille gab es eigentlich nur für Ehepaare auf Rezept – aber viele kannten jemanden, der jemanden kannte, der jemanden kannte, der helfen konnte und das Gewünschte besorgte – dann natürlich zu einem höheren Preis und ohne ärztliche Anweisung.

„Besonders religiös ist er nicht", dachte ich noch, als ich ihn aufweckte, damit wir rechtzeitig wieder gehen konnten – sonst hätte er sich komplett von Kopf bis Fuß gewaschen. Das taten viele Musliminnen und Muslime nach dem Sex, wie mir eine türkische Freundin in Deutschland erzählt hatte. Ganz abgesehen davon, dass vorehelicher Sex normalerweise eh nicht gestattet ist.

Christlich-muslimische Liebe

Die Beziehung mit Hassan wurde immer intensiver. Wir liebten uns, dessen war ich mir sicher.

Welche Chancen wir hatten, wusste ich nicht.

Inzwischen war Januar. Spätestens im Dezember musste ich zurück. Das war noch ein langer Zeitraum – fast ein Jahr. Doch schon jetzt erschien mir die Zeit zu knapp, um alles sehen, lernen, erleben zu können. Und um herauszufinden, ob es tatsächlich Perspektiven für mich, für uns gab – irgendwo zwischen Orient und Okzident.

Weihnachten wie auch Silvester hatten Hassan und ich jeweils mit unseren Familien verbracht.

An Weihnachten gab es keine Geschenke – höchstens bei den Wohlhabenden. Wir saßen zusammen, der Fernseher blieb aus – immerhin eine Parallele zu Deutschland – und zur Feier des Tages wurde eine Flasche Wein gekauft, die wir gemütlich tranken, es war sehr schön. Gegen 23 Uhr gingen Rania, Suha, Bassam und ich noch zum Spätgottesdienst in eine der Kirchen im Viertel. Da wir keinen Sitzplatz mehr bekommen hatten, mussten wir stehen. Nach zwei Stunden verzichtete ich auf die restliche Messe und trat den Heimweg an. Die Christen hier sind – wie die Muslime auch – sehr religiös und zeigen ihren Glauben offen, meist mit dem Tragen eines Kreuzes.

Hassans Mutter legte wert darauf, Weihnachten zu feiern, obwohl sie nicht besonders religiös war – bei ihnen gab es auch Geschenke.

Silvester verbrachten wir dann ohne Wein, dafür wieder mit Fernseher. Ich wusste schon, dass gegen 23 Uhr viele Männer auf die Straßen und Gassen gingen, um zu feiern und wohl auch um den einen oder anderen Feuerwerkskörper unbekannter Herkunft loszulassen. „Du solltest da nicht hingehen, Lisa. Das ist nur was für Männer, Frauen sollten da wegbleiben, denn viele sind betrunken“, beschied mir Bassam schon früh. „Silvester ist weder ein religiöser noch ein Staats-Feiertag, deshalb verstehen ihn Männer als Gelegenheit, ausgelassen zu feiern“, und er meinte noch: „Die Männer hier sind es nicht gewohnt, nachts Frauen zu sehen, die draußen unterwegs sind. Auch nicht an Silvester.“

„Typisch“, dachte ich nur und ging natürlich neugierig kurz vor dem Jahreswechsel raus. Tatsächlich torkelten ein paar Männer durch die Altstadt, als sie anfingen zu grölen, wurde es ungemütlich, so dass ich umkehrte und beschloss, künftig Silvester ausschließlich im Privaten zu feiern.

„Künftig?“, dachte ich – vielleicht war das mein erstes und letztes Silvester hier in Damaskus. Ich versuchte, nicht daran zu denken, denn schon der Gedanke daran, hier weg zu gehen, deprimierte mich. So sehr fühlte ich mich bereits zu Hause und die Töchter meiner Familie, Suha und Rania, waren meine Vertrauten, meine Schwestern. Jedenfalls sprachen wir über alles, was uns bewegte und beschäftigte – was Freundinnen ebenso miteinander reden.

Rania beneidete mich etwas um meine Beziehung zu Hassan:

„Das ginge bei uns nie. Ich könnte als Christin zum Beispiel nie einen Muslim heiraten. Das würden meine Eltern nie erlauben, und was mein Bruder dann machen würde, weiß ich auch nicht.“

„Mensch, Rania, aber wenn du ihn liebst und ihr miteinander glücklich seid, könntet ihr doch einfach heimlich heiraten, dann sehen deine Eltern, dass es euch ernst ist – die werden sich dann schon irgendwann beruhigen.“

Rania schüttelte den Kopf: „Ich hätte dann keine Familie mehr.“ Was genau sie damit meinte, wusste ich damals nicht. Abu Bassam und Umm Bassam wussten von meiner Beziehung zu Hassan. Manchmal holte er mich ab und trank kurz einen Kaffee mit der Familie.

Da waren sie ganz Orientalen und zelebrierten Gastfreundschaft jedem gegenüber. Aber ich war ja auch nicht ihre Tochter.

Rania und Suha, aber auch Bassam, hatten einige muslimische Freunde. Auf nachbarschaftlicher und rein freundschaftlicher Ebene war das kein Problem. Im christlichen Viertel gab es Moscheen neben vielen Kirchen. Und im Ramadan hörte ich oft den Trommler, der vor Morgendämmerung an die letzte Mahlzeit erinnerte, bevor wieder gefastet werden musste bis zum Sonnenuntergang. Ich fand es bemerkenswert, wenn eine Bekannte Suhas im Fastenmonat zu Besuch kam, neben ihr saß und wartete, bis sie fertig gegessen hatte.

Dieser Zustand relativer Ruhe war sicher auch ein Ergebnis des Staatschefs Hafiz al-Assad, der ein streng autoritäres, diktatorisches Regime führte. Der Islam war nicht Staatsreligion wie in anderen islamisch geprägten Ländern, aber laut Verfassung musste der Präsident Muslim sein. Wichtig für die Menschen war vor allem, dass sie ihre Familien versorgen und ihre Religion ausüben konnten, was gewährleistet war. In Syrien gab es auch christliche Minister – sowie eine Ministerin. Auch zu Beginn der Regierung von Kanzler Kohl war übrigens nur eine Frau in dessen Kabinett.

Assad duldete aber keinerlei direkte, offene Opposition, auch keine muslimische. Seit der blutigen Niederschlagung des Aufstands der Muslimbrüder in der mittelsyrischen Stadt Hama 1982 jedoch zogen es zum Beispiel viele gläubige Studenten vor, nicht mehr an der Uni zu beten, um nicht ins Visier des Geheimdienstes zu geraten.

Die Muslimbrüder wurden 1928 in Ägypten gegründet und vertreten einen fundamentalistischen Islam: Sie kennen keine Trennung von Religion und Staat: *Din wa daula* gehören zusammen und die *Sharia* soll die Grundlage der Gesetzgebung sein. Ziel ist die *Umma,* die Einheit aller Muslime weltweit.

Den wichtigen Posten des Verteidigungsministers hatte ein Sunnit – Sunniten stellten ca. 74 Prozent der ungefähr 24 Millionen Menschen zählenden syrischen Bevölkerung. Viele Syrer gehörten schiitischen Minderheiten an. Bassam erklärte mir mal, dass Syrien manchmal ironisch auch „ads-Land“ genannt wird: *Ads* heißt Linsen – steht hier aber für die Minderheiten der Alawiten, Drusen, Ismailiten. Diese Glaubensrichtung wird oft als nicht rechtmäßig muslimisch, vor allem von strenggläubigen Sunniten, gesehen, auch weil sie oft eine „lockerere“ Form des Islam leben. Vielleicht gewährte Assad weitgehende religiöse Freiheiten, solange sie nicht staatskritisch wurden, da er selbst einer angehörte: den Alawiten, die er auch protegierte. Er baute auf ihre Loyalität.

Wie lange konnte dieses friedliche Nebeneinander gut gehen? Solange keine Gruppe in Extremismus verfiel und den Staat in Ruhe ließ, wahrscheinlich lange. Aber gerade bei jungen Menschen war der Wunsch nach mehr Freiheiten – in jeder Beziehung – zu spüren.

Umm und Abu Bassam mochten Hassan tatsächlich, nehme ich an, aber ich war ja auch Europäerin und das war sowieso etwas anderes.

„Keine meiner Töchter darf einen Muslim heiraten“, erklärte mir Abu Bassam einmal. „Hier sind wir eine Minderheit, die geschützt werden muss. Wenn eine Christin einen Muslim heiratet, sind die Kinder automatisch Muslime. Und wir werden immer weniger. Das kommt nicht in Frage.“

Und auch Bassam, sonst eigentlich sehr offen für alles, fügte hinzu: „Eine Heirat einer meiner Schwestern mit einem Muslim würde ich verhindern.“ Was auch immer das bedeutete.

Dass ein Christ eine Muslimin heiraten könnte, war sowieso ausgeschlossen – höchstens er konvertierte.

Doch irgendwann offenbarte mir Rania, dass sie sich seit längerem mit einem Muslim traf. „Aber niemand darf das wissen, versprich mir, dass du es niemandem sagst.“

Ich war etwas schockiert, da ich um die Dramatik und den Ernst der Lage wusste, aber natürlich versicherte ich, dass ich verschwiegen bleiben würde.

Aber das war noch nicht alles: Als ich die älteste Tochter Suha das nächste Mal allein im Haus traf, vertraute auch sie mir an, dass sie einen muslimischen Freund hatte: „Niemand außer ein paar von seinen Freunden wissen Bescheid, wenn das rauskommt, gibt es mehr als Ärger." Sie wusste, dass ich dicht hielt. „Ich habe dir bisher nichts davon erzählt, weil ich mich nicht traute und dich auch nicht belasten wollte mit diesem Geheimnis." Überrascht war ich schon: Nun hatten also meine beiden arabischen „Schwestern" und ich muslimische Freunde.

Aber nur ich konnte das zeigen.

Mit Hassan war ich sehr glücklich. Wir hatten nicht so eine Beziehung, wie es in Deutschland möglich gewesen wäre: Man trifft sich im Freibad, in der Disco, geht Hand in Hand bummeln, küsst sich, wann man will und wo man will. In Damaskus bedurfte Zweisamkeit einer einigermaßen großen logistischen Vorbereitung. Hotelzimmer gingen normalerweise nur an Verheiratete. Hassans Eltern waren zwar tolerant, aber dort gemeinsam zu übernachten oder gar stundenlang auf dem Zimmer zu bleiben ging nicht. „Das ist respektlos meinen Eltern gegenüber – ich will das nicht und frag sie erst gar nicht", erklärte Hassan einmal – damit war dies geklärt. Und bei meiner Familie übernachten ging ebenfalls nicht – aus den gleichen Gründen.

Wir konnten nur dann ungestört sein, wenn Hassans Freund Ibrahim einige Zeit wegbleiben wollte und zudem gerade mal so großzügig war, uns seine vier Wände zu überlassen. Gleichzeitig musste sein Onkel ebenfalls außer Haus weilen, da wir nicht von ihm gestört werden wollten.

All zu spontan konnte das natürlich nicht geschehen, da wir uns immer ein, zwei Tage vorher bei Ibrahim anmelden mussten. Dies war natürlich nicht sehr angenehm, aber wenn es dann soweit war, waren alle Unannehmlichkeiten vergessen.

Suha I

Suha und Rania wussten von unserem Arrangement.

Eines Tages tat Suha ziemlich geheimnisvoll. Sie zog mich beiseite in ein Zimmer, in dem gerade niemand war und flüsterte fast: „Lisa, du triffst dich doch immer mit deinem Freund." Was mehr eine Feststellung als eine Frage war.

„Ja, das weißt du doch."

„Meinst du, glaubst du …" Suha wusste nicht, wie sie es formulieren sollte.

„Was ist denn, Suha, was willst du denn?", versuchte ich ihr zu helfen. „Brauchst du auch einen ungestörten Raum?"

Suha nickte, endlich war es raus.

Das war es also: Sie wollte mit ihrem muslimischen Freund endlich einmal ungestört sein.

Als ich Suha das erste Mal den Schlüssel zur Wohnung gab, waren wir beide ziemlich nervös.

Sie, weil sie das erste Mal ungestört mit ihrem Freund Rasem zusammen sein konnte, gleichzeitig aber wie immer aufpassen musste, dass sie nicht entdeckt wurde – mehr noch als ich – und ich, da ich die Schlüssel zwar von Ibrahim bekommen hatte, er aber nicht wusste, dass ich sie weitergegeben hatte.

Ibrahim war natürlich überrascht gewesen, dass ich selbst ihn anrief und nach dem Schlüssel fragte, bohrte aber nicht weiter nach.

Als ich mich mit Suha etwas von der Wohnung entfernt traf, gab ich ihr letzte Instruktionen.

„Also, seid leise, passt auf, dass euch keiner sieht, und in zwei

Stunden müsst ihr wieder draußen sein, denn dann kommt eventuell sein Onkel zurück und man weiß nie, ob er nicht mal vorbeischaut."

„Alles klar." Man merkte genau, wie aufgeregt sie war.

Ich wusste, dass sie Rasem an der Uni kennen gelernt hatte und sie sich seit einem halben Jahr trafen.

Suhas Familie durfte nichts erfahren. Es war schlimm genug, dass sie einen Freund hatte – obwohl das bei genauerem Hinsehen anno 1989 eigentlich für viele Jugendliche nichts Besonderes mehr war – für die Eltern oder auch die jeweiligen Brüder schon.

„Ich warte dann im *Toledo* auf dich."

Ich hatte zwar kein gutes Gefühl bei der ganzen Geschichte, aber andererseits musste ich Suha natürlich helfen. Oder war es bei mir inzwischen wie bei fast allen Arabern: Konnte ich nicht mehr nein sagen?

Inzwischen hatte ich mich ja daran gewöhnt: Fragte man jemanden nach dem Weg, wurde man überall hingeschickt, nur oft nicht an das gewünschte Ziel. Denn kaum etwas war dem Orientalen peinlicher als zuzugeben, nicht Bescheid zu wissen oder vielmehr dem Gegenüber ein Nein entgegnen zu müssen, was vorzugsweise vermieden wird.

Das fing bei der Frage nach der richtigen Richtung an und hörte wohl auch bei der Frage nach dem Wohnungsschlüssel noch lange nicht auf.

Um fünf Uhr war ich mit Suha verabredet. Ich war etwas zu früh dran, doch Suha wartete schon.

Etwas bleich saß sie in einer Ecke des Cafés und rauchte – das machte sie sonst nie in der Öffentlichkeit und auch nicht vor ihren Eltern „aus Respekt" wie sie mal meinte.

„Was ist los, warum bist du schon da?"

„Der Onkel war da", meinte sie nur.

„Was, das kann doch nicht sein, der wollte doch bis heute Abend weg bleiben."

Mein Herz fing an heftig zu klopfen.

Suha war total fertig: „Offensichtlich nicht."

„Hat er euch gesehen?"

Ihr Nicken bedeutete ein Ja.

„Er hat wohl Stimmen gehört und so lange geklopft und gerufen – und mit der Polizei gedroht, bis wir geöffnet haben."

Eigentlich wollte ich fragen, ob sie angezogen waren, verkniff mir aber die Frage.

„Wir haben uns schnell angezogen, aber die Situation war total unmöglich. Wir haben gesagt, dass wir Freunde von Ibrahim seien und auf ihn warteten, aber es war eindeutig. Lisa, was ist, wenn er jemanden benachrichtigt, wenn er mich oder Rasem erkannt hat?

Er kennt meinen Vater, vor ein paar Jahren war er mal bei uns zu Gast."

„Ach was", wollte ich sie beruhigen. „Er hat euch bestimmt nicht erkannt. Das ist doch alles viel zu lange her."

„Und wenn doch?" Suha war echt am Boden zerstört. „Wenn meine Familie das erfährt, ist das eine Katastrophe. Ich weiß nicht, was dann passiert."

Alles gut Zureden meinerseits half nichts. Dabei hätte ich selbst jemanden gebraucht, der mich tröstet. Ich wollte nicht wissen, wie Hassan reagierte, wenn er das erfuhr, und wie Ibrahim tobte, konnte ich mir lebhaft vorstellen.

Und überhaupt: Wo sollten wir in Zukunft unsere Schäferstündchen abhalten, wenn Ibis Wohnung wegfiel?

Erste Reaktionen

Wie sich herausstellte, hatte der Onkel niemanden erkannt oder wollte niemanden erkannt haben, um Ärger zu vermeiden.

Hassan aber war wirklich sauer: „Was hast du getan? Du hast mich, meinen Freund und diese Frau in eine unmögliche Situation gebracht. Hast du dir überhaupt nicht überlegt, welche Konsequenzen dein Handeln hat? Wir sind hier nicht in Hamburg."

Genau in dieser Reihenfolge zählte er die seiner Meinung nach Geschädigten auf: Er, sein Freund und dann Suha „diese Frau".

Hassan war außer sich: „Wo bleibt der Respekt, Lisa – wo bleibt der Respekt mir gegenüber und Ibi gegenüber – du bist uns in den Rücken gefallen."

Ich wusste nicht, worüber ich mehr schockiert sein sollte, über Suhas Trauma oder über Hassan, der sich offensichtlich nur Sorgen um seinen Ruf machte, und wie er vor Ibrahim dastand – und ob ich genügend Respekt hätte. „Ich wollte nur helfen", erwiderte ich. Und etwas lauter: „Natürlich habe ich Respekt, das weißt du doch: vor dir, Ibi, eigentlich allem hier – ich wollte ihnen nur die Gelegenheit geben, mal alleine zu sein. Was ist da so schlimm? Ich entschuldige mich natürlich bei Ibi."

Der nahm das dann tatsächlich ziemlich gelassen: „Ist doch nichts passiert. Hier sind die Möglichkeiten, sich zu treffen, eben sehr begrenzt. Mein Onkel hat niemanden erkannt, er hat sich schnell beruhigt und hält dicht, er will auch keinen Ärger – macht echt nichts."

Ibrahim war ein wirklicher Freund.

Aber Hassan war beleidigt oder gar verletzt. Respekt und der richtige Umgang waren hier äußerst wichtig – vor allem beim männlichen Teil der Bevölkerung – das erkannte ich immer mehr. Ich fing an zu zweifeln. Wie konnte er sich nur so aufführen, was war denn schon passiert und vor allem, was war ihm passiert? Ok, ich hatte ihm nichts erzählt, ich wollte ihn nicht beunruhigen. Aber Schaden hatte doch niemand erlitten.

Außer Suha vielleicht, sie war immer noch in Sorge, dass die ganze Sache herauskam.

Aber das war unbegründet. Nach zwei Wochen wurde auch Suha gelassener.

Nur ich grübelte noch: Hätte sich ein deutscher Freund auch so aufgeführt? Hassan ging es um seine Ehre: Er fühlte sich hintergangen, noch dazu mit etwas, das in der orientalischen Gesellschaft als unanständig gilt. Was sollte dieser Vergleich „Wir sind hier nicht in Hamburg“? Wir und viele andere machten doch das Gleiche – aber bei einer Syrerin galten wohl andere Regeln.

Welches Bild hatte er von mir?

War er ein orientalischer Macho, der die europäischen Frauen für leicht zu haben betrachtete nach dem Motto: Zum Üben ok, aber zum Heiraten nein danke?

Oder in der etwas anderen Variante: Heirat mit einer Europäerin ja, wegen der Möglichkeit in den Westen zu kommen, aber dann so schnell wie möglich eine Frau aus der Heimat nachholen, wenn die erste zu anstrengend geworden war.

Wer weiß – und war Hassan nur nach außen hin etwas lockerer wegen seiner deutschen Mutter und dachte aber tatsächlich genauso?

Obwohl – wenn er wollte, könnte er wahrscheinlich einen westdeutschen Pass bekommen.

In meinem Kopf kreisten tausende Gedanken – das dumpfe Gefühl von Misstrauen ergriff von mir Besitz.

Eigene Wohnung

Um dem ganzen Theater zu entkommen, entschloss ich mich nach den Ereignissen, eine eigene Wohnung zu suchen.

Doch das gestaltete sich als nicht gerade einfach.

Zwar waren Ausländer – zumal aus dem Westen – sehr beliebte Mieter, da erstens eine höhere Miete verlangt werden konnte und zweitens wegen der rigiden Mietgesetze Syrer fast unkündbar waren. Viele Jungverheiratete fanden deshalb keine – zudem auch noch bezahlbare – Unterkunft und blieben notgedrungen bei den Eltern. Zur Hochzeit bezogen sie ein Zimmer, ausgestattet mit Doppelbett und Kommode.

Dies war dann das Zuhause der neuen Familie.

So hatte ich zwar die besten Voraussetzungen, aber ich fand dennoch nichts.

„Eine Frau alleine, das geht nicht. Wer weiß, was sich da so abspielt. Nein.“ Das bekam ich oft zu hören. Und auch die Aussicht auf eine gute Miete konnte nicht umstimmen.

Schließlich kam mir Hannas Fetenfreudigkeit zu Hilfe.

Meine Freundin aus Frankfurt war bei einer Witwe mit zwei Töchtern untergekommen.

Umm Leila war eine sehr nette Frau, sehr gastfreundlich und auch sehr offen und weltläufig. Mit ihrem Ehemann war sie oft verreist in Europa und den USA, aber seit seinem Tod vor sieben Jahren lebte sie sehr zurückgezogen mit ihren Töchtern.

Alle drei lebten nach den fünf Glaubenssätzen des Islam: Neben dem Glauben an Allah beteten sie fünf Mal am Tag, gaben Almosen an Bedürftige und fasteten im Ramadan. Nur die Pilgerfahrt nach Mekka hatten sie noch nicht unternommen. Außerdem war Alkohol tabu, ebenso wie Schweinefleisch, das in Syrien durchaus zu bekommen war, im Gegensatz zu anderen islamischen Ländern – wenn auch fast ausschließlich im Christenviertel.

Und Umm Leila und ihre Töchter trugen immer außer Haus einen weiten Mantel und ein Kopftuch, obwohl die Haare zu bedecken als Regel nicht im Koran erwähnt wird.

Auch ich ging mal „verschleiert". Ich wollte einfach ausprobieren, wie das ist. Ich empfand es als sehr ungewohnt und unangenehm – ich verschwand irgendwie unter dem Kopftuch. Andererseits wurde ich nicht angemacht, nicht gefragt: „Where are you from?"

Aber dann ließ ich es wieder.

Ich kam mir zu arrogant westlich vor. Für mich war es letztendlich ein Spaß – im Gegensatz zu den vielen Frauen und Mädchen, die gezwungenermaßen ein Kopftuch trugen. Erst seit circa zehn Jahren trügen Frauen und Mädchen vermehrt den *Hijab,* wurde mir berichtet, vorher sei er vor allem bei älteren Frauen oder in ländlichen Gebieten verbreitet gewesen. Die damit einhergehende Islamisierungswelle begann 1977 mit Zia Ul-Haq in Pakistan, der auch die Hadd-Strafen einführte, mit der islamischen Revolution im Iran 1979 – und mit weiteren Ereignissen dieses Zäsur-Jahres.

Jedenfalls lebte Hanna mit Umm Leila und deren Töchtern Leila und Aischa im Stadtteil Midan in einer eigenen Wohnung.

Das war zumindest okay, denn für eine Alleinerziehende war es gesellschaftlich nicht leicht – aber zumindest war sie nicht geschieden. Ihre Töchter studierten an der Universität von Damaskus arabische Literatur. Beide gingen jeden Tag extra von der Uni nach Hause, um zu beten – obwohl es dort einen Gebetsraum gab.

Hanna fühlte sich auch sehr wohl in dieser Familie. Doch bald hatte sie ja auch schon einen Freund, ihren Mouayad, den konnte sie natürlich nicht mit nach Hause bringen, zumal da die drei Frauen dann auch noch in ihren eigenen vier Wänden ihre Haare bedeckt hätten. Außerdem war sie natürlich auch gerne lange auf Partys.

Hanna kam immer später nach Hause – und manchmal gar nicht. Sie hatte zwar einen eigenen Wohnungsschlüssel, aber die Hausherrin achtete sehr genau auf das Kommen und Gehen ihrer Untermieterin. Und irgendwann war es ihr zu viel: Sie kündigte Hanna.

Es tat ihr sichtlich leid, aber sie musste Rücksicht nehmen auf ihren Ruf und auf den Einfluss, den Hanna auf ihre Töchter – vermeintlich – auszuüben drohte.

Hanna war nicht sauer, sie verstand ihre Ex-Vermieterin sogar.

Sie hatte wirklich übertrieben. Das wusste sie.

So war meine Freundin zur gleichen Zeit auf Wohnungssuche wie ich – schließlich fanden wir gemeinsam eine Wohnung im Stadtviertel Muhadschirin, in der Dschadda Chamisa: der fünften, am höchsten gelegenen Straße dieses Stadtteils am Berg Qasiyun – nicht weit von unserer Schule, dem Mahad, hoch oben über Damaskus.

Unsere kleine Wohnung bekamen wir auch über Beziehungen. Der Vater einer ehemaligen Klassenkameradin in Deutschland kam aus Syrien und lebte seit Studienzeiten in Deutschland. Er besaß diese Wohnung in Damaskus, vermietete sie aber nicht. Ein kurzer Anruf genügte und wir hatten die Schlüssel von seiner Schwester, die hier lebte.

Abschied und Anfang

Der Abschied von Bab Tuma, diesem Viertel mit seinem eigenen Flair, seinen vielen Kirchen, Moscheen, engen Gassen – der Altstadt – fiel mir schwer. Der Ruf des Muezzins erklang natürlich auch hier im Christenviertel fünf Mal am Tag – zuerst war ich genervt, wenn ich früh bei Dämmerung aufwachte, aber irgendwann hatte ich mich an ihn gewöhnt und schlief einfach weiter.

Ich hatte die Menschen in mein Herz geschlossen. Sie waren wirklich meine Familie: Suha, klug und lebenslustig, war meine Freundin geworden. Wir tauschten alles aus und hatten so gut wie keine Geheimnisse voreinander – unsere Herzen schlugen gleich. Aber auch zu Rania hatte ich ein inniges Verhältnis.

Bassam, der älteste Bruder, achtete immer darauf, dass sich seine Schwestern „ordentlich" benahmen. Er wie auch seine Eltern waren etwas beunruhigt, weil Suha und Rania immer noch unverheiratet waren.

Die Familie ist das Zentrum der Gesellschaft, auch wenn es in ihr viele Streitigkeiten geben mag – die Loyalität ihr gegenüber steht über allem – wobei der Begriff „Familie" sehr weitreichend ist und eher einem Clandenken entspricht. Dann kommt die Religionsgemeinschaft, dann eventuell das Land mit seinen künstlichen Grenzen.

Im Orient heißt es:

„Ich und meine Brüder gegen unsere Cousins,
ich, meine Brüder und unsere Cousins gegen unseren Stamm,
ich, meine Brüder, Cousins und unser Stamm gegen unser Dorf,
wir alle gegen den Rest."

Die Bedürfnisse der Familie stehen in diesen kollektivistisch geprägten Gesellschaften über dem Wunsch des Einzelnen.

Geschäfte und Verwandtschaft sind oft verbunden – man vertraut dem, den man kennt. Nepotismus pur. Auch Beziehungen sind wichtig – wie überall. Aber „Vitamin B", hier *wasta* genannt, ist im Orient ungeheuer wichtig und öffnen fast alle Türen.

„Jeder Araber trägt immer noch ein Stück Wüste in sich", hatte ich irgendwo mal gelesen, das heißt das Bewusstsein, dass man nur in der Gemeinschaft mit starkem Zusammenhalt überleben kann.

Bassam war im Grunde ein sehr liebenswürdiger Mensch, aber er wusste um seine Rolle in der Familie als ältester Sohn. Zudem war auch er mit 23 im heiratsfähigen Alter, aber er konnte sich bisher nicht vermählen, da es ihm an Geld fehlte: Ohne Geld keine Wohnung und ohne Gold als Brautgabe keine Hochzeit. Bald aber würde immerhin mein Zimmer frei werden ...

Josef war der wichtige Sohn Nummer zwei der Familie und wurde ziemlich verwöhnt, die zwei Jahre jüngere Mariam erschien mir vernünftiger und half mit, wo sie konnte.

Sie alle konnten es kaum fassen, dass ich wirklich ausziehen wollte, verstanden mich dann aber und akzeptierten meine Entscheidung.

Doch wir blieben natürlich eine Familie. Ich besuchte sie oft und vor allem Rania und Suha kamen häufig zu mir.

Unsere neue Wohnung bestand aus zwei Schlafzimmern, einem Wohnzimmer (die Bezeichnung Salon wäre unangebracht), einer Küche und einem Bad UND einer Waschmaschine – die war wie immer wichtig. Im Gegensatz zum Haus „meiner Familie" war ich nun fast im Luxus.

Von den Wänden blätterte kein Putz, unser neues Zuhause könnte auch in Köln oder Frankfurt sein. Denn auch in Europa gibt es sicher noch Badezimmer, in denen man mit heißem Wasser nur nach vorheriger Aufheizung per Boiler duschen kann.

Wir hatten sogar einen alten Farbfernseher, mit dem wir meistens jordanisches Fernsehen schauten. Dort bestand fast das ganze Programm aus alten US-Serien und Filmen mit arabischen Untertiteln.

Das war auch nach mehreren Monaten Unterricht am Mahad immer noch einfacher für uns zu verstehen als Arabisch. Zumal die arabischen Filme fast alle aus Ägypten stammten. Kairo war nach Indien und Hollywood der drittgrößte Filmproduzent der Welt.

Den ägyptischen Dialekt verstehen deshalb wohl alle circa 450 Millionen Araber von Marokko bis zum Jemen.

Unser kleines Reich entwickelte sich bald zum Treffpunkt unserer Freunde. Wir hatten fast jeden Abend eine internationale Runde zu Gast, die sich abwechselnd auf Deutsch, Englisch und Arabisch unterhielt.

Vor allem Monique aus Madagaskar war eigentlich fast unsere dritte Mitbewohnerin, sie schlief, sooft sie konnte, auf der Couch im Wohnzimmer.

Sie promovierte in Frankreich über das Leben von Thebit, der unter anderem im Mittelalter Werke von Archimedes ins Arabische übersetzt hatte. Viele Gelehrte der arabischen Welt sammelten das Wissen der eroberten Länder, übersetzten es, entwickelten es teilweise weiter und erhielten es so für die Nachwelt. Monique hatte ein Stipendium ergattert, um hierfür Arabisch zu lernen. Doch die monatlichen finanziellen Überweisungen waren so mickrig, dass sie sich nur ein Zimmer im Damaszener Studentenwohnheim leisten konnte. Und dieses Domizil war wirklich nicht sehr empfehlenswert, die Duschen stammten bestimmt noch aus der Zeit von Lawrence von Arabien.

Monique hatte ja auf dem Gymnasium in Madagaskar Deutsch als erste Fremdsprache. Zum Glück, denn so konnten wir alle herrlich tratschen und es stellte sich ein weiteres Mal heraus, dass die Probleme überall auf der Welt wohl ähnliche waren: meistens die Frage „was bringt die Zukunft“, Liebeskummer und Geldsorgen.

Nur mit dem Unterschied, dass Hanna und ich niemanden kannten, der jemals wirklich Hunger gehabt hatte.

Jetzt in meinen eigenen vier Wänden dachte ich eigentlich, dass mit Hassan alles gut laufen müsste. Aber das Gegenteil war der Fall.

Wir sahen uns immer seltener. Woran das lag, konnte ich nicht genau sagen. Aber durch die Geschichte mit seinem Freund Ibrahim hatte unsere Beziehung einen Riss bekommen. Er vertraute mir nicht mehr völlig, für arabische Männer war das, was passiert war, offensichtlich ein Zeichen von Verrat. Und ich wiederum wusste nicht mehr genau, woran ich mit ihm war. Vielmehr war mir nicht klar, ob ich Hassan tatsächlich noch wollte.

Konnte ich mit einem Mann leben, der offensichtlich doch einen gehörigen Anteil des orientalischen Stolzes besaß? Hatte ich bei ihm die Freiheiten, die ich brauchte? Ich wollte mich auch in Zukunft noch mit meinen Freundinnen treffen, wo und wann ich wollte – und auch mal mit einem Freund. Und ich wollte ein Vertrauensverhältnis, aber dabei bestimmte Sachen für mich behalten. Ich wollte nicht das offene Buch sein, in dem alle lesen können – selbst mein Freund nicht.

Hassan besuchte mich zwar in unserer Wohnung – es war schön, endlich ungestört sein zu können und nicht mehr auf die Uhr schauen zu müssen – manchmal blieb er auch über Nacht, obwohl ihn Hannas Anwesenheit eigentlich störte. Wir trafen uns auch zum Kaffee oder zum Essen meist in einem der schönen, typischen Restaurants in der Altstadt mit Innenhof und einem Brunnen in der Mitte.

Wir waren immer noch zusammen, aber etwas war anders. Wir schliefen zusammen, waren uns aber irgendwie fremd. Niemand sprach darüber, aber er und ich spürten es. Wahrscheinlich dachten wir, sobald jemand darüber sprechen würde, wäre es aus. Und das stimmte vielleicht sogar.

Suha II

Auch Suha nutzte unsere Wohnung für Treffen mit Rasem.

Doch nun ohne unliebsame Überraschungen, Hanna und Monique wussten Bescheid und hatten natürlich nichts dagegen.

Immer wenn die beiden kamen – meist nachmittags getrennt und Suha eine halbe Stunde vor ihrem Freund, gingen wir weg und überließen den beiden unser Domizil.

Wenn wir nach zwei Stunden wieder zurückkamen, waren sie schon weg und der Schlüssel lag – ganz klassisch – unter der Fußmatte.

Wir alle wussten, auf welches, vielleicht gefährliche Spiel, sich Suha eingelassen hatte.

Eine Heirat mit Rasem war unter den gegebenen Umständen so gut wie ausgeschlossen.

Die Erlaubnis der Eltern und der Familie würde Suha nie bekommen. Rasems Eltern hingegen hätten wohl nichts dagegen: Eine Heirat mit einer Christin ist erlaubt, da der muslimische Vater die Religion weitergibt.

In Deutschland kannte ich bireligiöse Familien – wenn auch nur zwei – mit liberalen muslimischen Vätern, die eine Religionswahl den Kindern überlassen wollten. Bei ihnen lautete die Devise: Gott ist überall.

Suha hingegen wäre ausgestoßen aus ihrer Familie, auch wegen der „Familienehre", die es unbedingt zu retten galt. Etwas Schlimmeres traute ich Bassem und seinem Vater nicht zu – auch wenn sie damit schon gedroht hatten. Aber es war wohl mehr die Angst, als Minderheit bei vielen bireligiösen Ehen irgendwann nicht mehr bestehen zu können.

Suha hatte also kaum Perspektiven. Sie träumte von einer Flucht ins Ausland mit Rasem – in Frankreich oder Deutschland wollte sie mit ihm leben.

Bis sie eines Tages völlig verzweifelt in Tränen aufgelöst bei mir erschien.

„Rasem wird heiraten: eine Muslimin; seine Eltern haben sie vorgeschlagen und er hat gleich eingewilligt, er meint, mit mir hat er keine Perspektiven."

Suha saß niedergeschlagen da, weinte und wurde regelrecht von Krämpfen geschüttelt.

„Was soll ich machen, er meint, er liebt mich immer noch, aber ich würde ihn sowieso nie heiraten." Damit hatte er wahrscheinlich Recht. Suha hätte sich nie von ihrer Familie lösen können. Eine Heirat wäre ein Abschied ohne Wiederkehr gewesen.

Doch nun saß sie da und war nur noch ein Häufchen Elend.

Am nächsten Tag wartete sie vor dem Mahad auf mich. „Ich brauche deine Hilfe." Sie versuchte zu lächeln: „Eine Freundin von mir hat einen Termin beim Arzt, du weißt schon, wegen der Jungfräulichkeit. Kannst du mitgehen?"

Ich war sprachlos. Ich hatte zwar schon von diesen Operationen gehört. Ging das überhaupt – und war das nicht gefährlich? Jede Operation barg Risiken und gerade hier … Wenn mir etwas passieren und ich krank würde, wäre alles geregelt, ich würde mich nach Hause fliegen lassen. Wir hatten hierzu, wie wohl jeder Deutsche, eine Rückholversicherung abgeschlossen, obwohl es auch hier gute Ärzte gab – keine Frage.

„Suha, was soll das?", brachte ich nur heraus. „Warum soll ich dabei sein?"

Doch die Antwort konnte ich mir schon denken und ich behielt Recht.

„Wenn sie jemand sieht, kann man immer noch sagen, dass sie dich zum Dolmetschen begleitet hat. Bitte, es ist wichtig für Amal …"

Amal, sie war Muslimin, hatte ich nur einmal kurz bei Suha getroffen, ich kannte sie kaum.

„Suha, wenn ein Mann eine Frau wirklich liebt, dann wird er sie heiraten, so wie sie ist, egal ob Jungfrau oder nicht."

Aber ich wusste, dass meine Worte keine große Wirkung haben würden. „Du kannst gut reden", meinte meine Freundin nur, „bei euch ist es egal, ob jemand Sex hatte vor der Ehe. Wahrscheinlich ist es sogar besser. Vielleicht wollen die Männer ja eine erfahrene Frau. Aber hier eben nicht. Also kommst du nun mit oder nicht – bitte!" Sie sah meinen zweifelnden Blick.

Natürlich ging ich mit.

Der Arzt war nicht unsympathisch: etwa fünfzig Jahre alt, graue Haare mit leichter Glatze, sehr charmant. Er war Gynäkologe und hatte seine Praxis in einem Mehrfamilienhaus etwas außerhalb des Zentrums in einer besseren Gegend. Gutbürgerlich würde man in Deutschland sagen.

Wir sahen niemanden, den wir kannten, und so hofften wir, dass uns auch niemand gesehen hatte.

Nach der Begrüßung erklärte Amal sofort, worum es ging. Der Arzt schien etwas enttäuscht, er hätte wohl gerne eine europäische Patientin gehabt. Der Verdienst wäre auf alle Fälle besser gewesen.

Eigentlich dachte ich, das sei hier eine peinliche Angelegenheit, aber offensichtlich war eine operative Wiederherstellung des Hymens – oder der Versuch – nichts total Außergewöhnliches. Diese Operationen jedoch sind nicht nur riskant, sie garantieren auch keinen „Beweis" in der Hochzeitsnacht: Eine Blutung kommt beim „ersten Mal" sowieso sehr oft nicht vor: Ein gefährlicher Mythos – für die Frauen in diesen Gesellschaften.

Der Arzt jedenfalls hörte sich alles an, man erörterte die Angelegenheit, lachte dazwischen über den neuesten Tratsch in Damaskus und einigte sich über den Preis.

„Der Arzt hält dicht, er wird sich doch nicht eine sichere Einnahmequelle verschließen“, machte Amal nach dem Gespräch klar. Wieder einmal verstand ich: Das Wichtigste hier war Diskretion. Vieles war möglich, nur wissen durfte es niemand.

Wieder kam die Familienehre ins Spiel und die Keuschheit der Frauen, die nach außen hin hoch gehalten wurde. Vorehelicher Sex, das war aber auch klar, war immer noch die Ausnahme. Oder man behalf sich mit Praktiken, die die Jungfräulichkeit nicht antasteten.

Ich musste an die Worte eines syrischen Freundes denken: „In Europa oder Amerika ist es mir egal, ob ich eine Jungfrau heirate oder nicht, dort ist es üblich, dass man vor der Ehe Sex hat. Doch hier möchte ich keine Frau, die anders ist, die aus dem Rahmen fällt und sich nicht an die Tradition hält.“ Und ein anderer Freund bekannte offen: „Weißt du, ich will keine Ehefrau, die einen Vergleich hat. Vielleicht hat ihr Sex mit einem anderen besser gefallen. Das geht nicht. Eine Jungfrau kennt nur mich.“

Auf meine Rückfrage, ob das Sexverbot auch für sie gelte, lachten sie nur.

Ob der Eingriff tatsächlich gemacht wurde, weiß ich nicht. Wir sprachen nicht mehr darüber. Ich unterdrückte meine Neugier und hielt mich mit Fragen zurück – es ging mich auch nichts an.

Die Situation war schon schwierig genug für alle. Ich war traurig und zornig zugleich, dass frau sich solch einer Operation unterziehen muss, damit der Mann, mit dem sie ein Leben zu verbringen gedenkt, bei ihr bleibt – eventuell. Die vermeintliche „Familienehre“ steht dabei über allem und wird vor allem am Verhalten der weiblichen Familienmitglieder festgemacht – immer noch. Im Arabischen gibt es sogar ein Wort für die Ehre einer Frau: *ird,* sie hat sie von Geburt und kann durch Verhalten, das mit der Gesellschaft nicht konform geht, verloren gehen – dies betrifft dann die Ehre (arabisch: *scharaf*) der ganzen Familie.

Bezeichnend, dass auch nicht wie bei uns im Westen jemand direkt beleidigt wurde, sondern indirekt vorzugsweise über die weiblichen Mitglieder der Familie: „Deine Mutter, deine Schwester ist …"

So konnte man jemanden richtig treffen – ich fand das immer schon schlimm.

Heirat I

Kurz darauf tauchte eine Heiratsvermittlerin bei Familie Abu Bassam auf. Keine, wie man sie sich vielleicht vorstellte: Alte Frau in schwarzem Gewand, tuschelt mehr oder weniger geheim.

Nein. Diese Kupplerin war eine modern angezogene Frau Mitte fünfzig, in Jeans und bunter Bluse, deren Hobby es offenbar war, junge Leute zusammenzuführen.

Umm Sami – so wurde sie genannt – nahm natürlich kein Geld, vielleicht aber Geschenke. Und wenn jemand erfolgreich junge Paare zusammengeführt hatte – und das mehrmals – stieg das Ansehen und man wurde gerne konsultiert, ob man nicht eine passende Partie wisse für diesen oder jenen unverheirateten, meist jungen Mann.

Wie sie auf meine Familie aufmerksam wurde, wusste ich nicht genau. Man kannte sich gut untereinander – auch in den weit verzweigten Familienclans. Und immer kannte jemand jemanden, der dann wiederum jemanden kannte, der dann weiterempfohlen wurde. Diese Art der Heiratsvermittlung war im Orient nichts Ungewöhnliches – im Gegenteil. Ein Leben ohne Heirat war nicht vorgesehen. Zwangsweise durfte in Syrien niemand verheiratet werden. Doch das gab es – wie ich hörte, leider noch oft – durch Druck der Familie. Oder die Ehe wurde nur in der Moschee geschlossen. Mädchen lernten normalerweise, gehorsam zu sein.

Die Heiratsnews gingen durch ganz Syrien – und darüber hinaus.

So wusste Umm Sami genau, wie viele Töchter und Söhne Abu und Umm Bassam hatten und welche im heiratsfähigen Alter waren, als sie anrief mit der Bitte, vielmehr mit dem Begehren, vorbeikommen zu dürfen auf einen Kaffee oder Tee.

Natürlich wussten alle, warum sie kam. Nur war nicht klar, wer das Zielobjekt war, Suha, Rania oder Bassam.

Umm Sami kam nicht gleich zur Sache. Erst wurde wie üblich über Allgemeines gesprochen: Wie es den Kindern geht, den Eltern, der Arbeit und so weiter. Dabei wird bei Christen wie Muslimen zuerst Allah gedankt, dem *Rab,* dem Erhabenen.

Es gibt keinen Unterschied in der arabischen Sprache: Allah heißt Gott für alle – Muslime wie Christen.

Dann – nach ungefähr einer Stunde – wurde Umm Sami konkret: Draußen warte ein Mann von gutem Aussehen, guter Stellung, der gerne ebenfalls in dieser Familie empfangen werden wolle.

Natürlich tat Umm Bassam total überrascht: „Was, natürlich ist unser Haus ein gastfreundliches Haus und jeder, der hier ein Glas Wasser zu trinken wünscht oder einen Kaffee, wird empfangen. Holt ihn."

Josef wurde hinausgeschickt, um den vermeintlichen Bewerber zu holen, während ich mich wunderte, dass draußen vor der Tür in den staubigen Gassen der Damaszener Altstadt tatsächlich ein Mann so lange gewartet hatte, den Frauen hier vorgestellt zu werden.

Ein Mann Ende zwanzig, in einem grauen, etwas zu großen Anzug trat schüchtern ein und begrüßte alle.

Man sah ihm an, dass er lange in unbequemer Stellung gewartet hatte, denn er schien erschöpft, der Schweiß rann ihm von der Stirn, seine Schuhe waren staubig und er trank das Glas Wasser, das man ihm gereicht hatte, in einem Zug aus. Empfangen wurde natürlich im Salon.

Umm Sami legte los: „Das ist Basel Yassin. Seine Mutter ist eine gute Freundin meiner Cousine und sein Vater ist der Onkel des Schwagers deiner Cousine, Umm Bassam."

Das war neu: quasi ein Verwandter also. Eine gute Nachricht, denn man gab die eigenen Kinder natürlich lieber an Familien, die man kannte.

Das Kennen war jedoch relativ. Umm Bassam hatte keine Ahnung, wer dieser Mann eigentlich war, doch es war wohl beruhigend, ihn in irgendeinem Verwandtschaftsverhältnis zu wissen.

Basel Yassin war wirklich sehr schüchtern. Er beteiligte sich kaum am Gespräch, das sich vollständig um ihn drehte. Umm Sami zählte so nebenbei seine Vorzüge auf: Er sei Ingenieur (das waren in Syrien viele, die auf der Uni waren), habe einen guten Verdienst (wahrscheinlich 2000 Lira, der Durchschnittslohn eines Staatsangestellten, was nicht üppig war – das heißt, dass man bei seinen, oder im besseren Fall bei den eigenen Eltern wohnen muss) und komme aus einer sehr guten Familie (Kunststück, da er offensichtlich aus ihrer Sippe stammte).

Suha und Rania sowie der Rest der Familie hatten sich schnell zurechtgemacht und saßen neugierig und herausgeputzt da und beäugten den Kavalier.

Selbst Abu Bassam hatte sich von seinem Sofa erhoben und führte nun das Gespräch, obwohl er wie immer nicht viel sagte, doch jeder verstummte, wenn er sich doch mal zu Wort meldete. „Sind deine Geschwister verheiratet?“, wollte er wissen. Der Kandidat nickte und gab gewissenhaft zu Protokoll: „Alle mit Christen und Christinnen.“

Das war also geregelt. Seine Familie schien in Ordnung zu sein.

Bassam, der wohl dachte, als ältester Sohn müsse er auch etwas sagen, erkundigte sich noch nach seinen beruflichen Perspektiven. Doch die waren nicht anders als die seinen.

Ein Ingenieur bleibt in Syrien meist auf derselben Einkommensstufe, also muss man sich häufig einen Zweitjob nehmen. Und Händler oder Taxifahrer werden, oder alles zusammen.

Insofern unterschied sich die Karrierelaufbahn eines syrischen Ingenieurs nicht wesentlich von manchem Berliner Architekten. Beispielsweise.

Nach ungefähr einer Stunde verließ der Mann die Runde und verabschiedete sich sehr zuvorkommend.

Umm Sami blieb noch kurz und verschwand in der Zwischenzeit

mit Umm Bassam – wahrscheinlich um den neusten Stand der Bewerbungsriten zu besprechen.

Noch war auch nicht klar, für wen sich Basel Yasin interessierte.

Umm Bassam kam zurück, verabschiedete die Kupplerin und redete mit Abu Bassam, allerdings so, dass niemand etwas verstehen konnte.

Für mich war das alles äußerst interessant.

Ein ganz neuer Weg, seinen Partner zu finden.

Warum nicht. Ich hatte schon so viele kaputte Beziehungen erlebt und Scheidungen bei den Eltern meiner Freunde – alles begonnen einst mit einer selbst gewählten Liebesheirat.

Warum also nicht, wenn die Rahmenbedingungen stimmten?!

Oh je, jetzt dachte ich schon wie ein Politiker – oder wie Umm Bassam. Mein westeuropäischer emanzipierter Verstand müsste mir eigentlich sagen, dass das alles Mist ist. „Immerhin", dachte ich, „können Suha oder Rania oder wer auch immer ja immer noch nein sagen. Hoffentlich."

Als alle Gäste gegangen waren, warteten wir gespannt darauf, was Umm Bassam verkünden würde, wen sie zu sich rufen würde, wer die Auserwählte war.

„Suha, komm mal her", beschied da die Frau des Hauses und nun war klar, um wen es ging.

Rania war nicht traurig: „Da kommen bestimmt noch Bessere, der verdient ja nur 2000 Lira im Monat, bestimmt muss man bei seinen Eltern wohnen und besonders gut sieht er auch nicht aus", flüsterte sie mir zu.

So war das also, diese Kriterien zählten: Geld und gutes Aussehen. Immerhin war sie ehrlich. Dennoch entschied ich mich, etwas zu protestieren: „Aber Rania, darauf kommt es doch nicht an. Die Position und das Äußere, das ist doch nicht wirklich wichtig, was zählt sind doch Charakter und innere Werte." Sagte ich tatsächlich innere Werte? Wie aus einem Lebensberaterbuch, peinlich.

Doch Rania lächelte nur: „Ist das bei euch anders? Natürlich: Ihr könnt einfach mit jemandem zusammenziehen. Doch wir können nur aufs Äußere gehen, ich kann einen Mann vor der Ehe gar nicht richtig kennen lernen, sondern erst, wenn ich nach der Hochzeit mit ihm lebe. Also, das Einzige, was ich von einem Mann wirklich weiß, ist sein Aussehen und der Beruf.“

Rania

Rania hatte natürlich diese kräftigen dunklen Haare, um die sie fast jede Mitteleuropäerin beneidete, die sie aber nur halblang trug bis zum Kinn. Ihre Augen glichen denen Suhas: groß und kugelrund. Ranias Haut war sehr hell und ihre Nase etwas groß, so dass sie ihr eine interessante spezielle Note verlieh. Ansonsten war sie schlank und achtete wie fast alle Araberinnen sehr auf ihr Äußeres.

Wenn Syrerinnen aus dem Haus gingen, dann meist nur bis ins Detail gestylt. Das galt auch für verhüllte Musliminnen. Hier musste die Farbe des Kopftuches exakt zur Jeans passen oder zu dem grauen Mantel, den viele außerhalb der eigenen vier Wände trugen – das war dann einfacher. Kopftuch war bei den Strenggläubigen immer angesagt im Zusammentreffen mit Männern, die „frau" heiraten könnten.

Aber bestimmt die Hälfte aller Frauen in Syrien kleidete sich in „westlichem" Stil: Hose, oft Jeans, T-Shirt, Bluse, schickes Kleid, Rock – natürlich kein Mini und immer geschminkt. Sehr weiblich eben.

Ich kam mir oft etwas schlampig vor neben meinen syrischen Freundinnen: ungeschminkt mit alten Jeans, den weiten Pullis und T-Shirts. Kleider hatte ich auch keine – geschweige denn Stöckelschuhe.

Ich war eben die deutsche Studentin und als solche eher leger gekleidet.

Im Haus hingegen war es umgekehrt: Da blieb man locker und schaffte es sogar an manchen Freitagen – vor allem im Sommer, wenn es heiß war und man frei hatte, fast den ganzen Tag im Schlafanzug zu verbringen, weil es so eben am bequemsten war und man ja auch auf das *Hamam* wartete.

Da kam es manchmal zu solchen – für mich grotesken – Situationen, dass Suha, Rania, Bassam und die anderen noch in ihren Schlafgewändern im Innenhof saßen, die aber zugegeben sehr züchtig waren, lang und geschlossen, den fünften Tee aus ihren kleinen Tassen schlürften und dann gestylte Gäste spontan vorbeikamen.

Irgendwann wurde auch dies ganz normal für mich. Nur hatte ich eben tagsüber immer etwas Bequemes an: nie einen Schlafanzug, aber auch nie ein schickes Kleid.

Rania hatte sich nach der Erfahrung von Suha schweren Herzens und unter Tränen, wie sie mir berichtete, von ihrem heimlichen Freund getrennt und wollte nun raus. Sie hatte sich fest dazu entschlossen, einen Ausländer zu heiraten. Aber keinen Christen etwa aus dem Libanon oder aus Ägypten.

Nein, Rania wollte nun in den Westen und da vorzugsweise nach Kanada. Nicht in die USA, das war ihr zu gewalttätig, wie sie sagte, zu viele Drogen und so weiter, wie man immer überall hörte.

Kanada war das Land ihrer Träume.

Doch wie dahin kommen? Ihre Familie war ja nicht reich. Viele Libanesen waren seit dem Bürgerkrieg vorzugsweise nach Europa, Nordamerika oder Australien emigriert, geflüchtet. „Ich könnte mich als Libanesin ausgeben und so in den Westen – doch das kostet viel Geld für die Schlepper, das habe ich nicht – außerdem, wer weiß, wo ich lande und wie es mir geht als Flüchtling?" Rania wusste einen vermeintlich besseren Weg. „Lisa, kennst du einen Kanadier? Habt ihr einen kanadischen Studenten im Mahad?"

Klar, verständlich, nicht nur Männer versuchten über den Weg „Heirat" das Land zu verlassen, sondern auch – Rania. Und so hätte sie auch gleich ihre Familie befriedigt, denn ein Mann aus dem Westen wäre wohl sicherlich Christ.

„Ja, wir haben einen Kanadier." Ich dachte an Michael, einen etwas stillen, hochgeschossenen Studenten aus Toronto, der in der Fortgeschrittenen-Klasse Thani war.

Ich hatte bisher noch nicht viel Kontakt mit ihm, doch ich kannte einen Freund von ihm ganz gut, mit dem ich schon ein paar Mal in den Pausen gesprochen hatte, den Amerikaner John. Und ich nahm mir fest vor, ihn näher kennen zu lernen – für Rania.

Heirat II/Suha III

„Ich versuch's mit ihm." Die das sagte, war Suha – ungefähr drei Wochen nach dem Besuch Basel Yassins.

Alle freuten sich, nur mir blieb die Spucke weg.

Suha hatte nicht mal direkt mit dem Bewerber geredet, aber sie wusste bereits, dass sie den Rest ihres Lebens mit diesem Mann verbringen wollte.

„Das ging ja schnell", brachte ich gerade noch heraus. Doch meine Worte gingen in den allgemeinen Glückwünschen unter.

Bassam, seine Eltern und die jüngeren Geschwister freuten sich sichtlich und umarmten Suha. Offensichtlich waren alle froh, dass es endlich einen christlichen Schwiegersohn geben sollte, denn das eine oder andere Gerücht über eine „Beziehung" zu einem Muslim war bereits bis zu Bassam gedrungen, der Suha daraufhin eindeutig zu verstehen gegeben hatte, dass dies nicht geduldet würde.

Doch Suha konnte felsenfest – und wahrheitsgemäß – versichern, dass sie nichts mit irgendeinem Muslim hätte, denn die Beziehung zwischen ihr und Rasem war da schon vorbei.

Offensichtlich war sie so glaubwürdig, dass Bassam ihr das abnahm. Er war zwar öfters noch misstrauisch und begleitete sie manchmal, wenn sie in die Stadt ging – aber mit dieser Heiratsabsicht war nun alles wieder okay.

Seine Schwester verband sich richtig, die Familienehre war nicht angekratzt, im Gegenteil.

Nur Rania flüsterte mir zu: „Nur weil ihre große Liebe jemand anderen heiratet, nimmt sie den Erstbesten. Mir passiert so was nicht. Entweder heirate ich den Mann, den ich liebe, oder einen aus Kanada oder einen Reichen."

Erst am nächsten Tag gelang es mir, mit Suha zu reden. Sie hatte einen Tag frei und ich war zum Frühstück gekommen, das wir spät im Wohnzimmer einnahmen.

Wie genoss ich diese Momente. Der süße arabische Kaffee mit Kardamom in den kleinen Tassen war ein vollendeter Genuss.

Suha bevorzugte Tee, der ebenfalls sehr gesüßt war. Zucker bedeutete hier Energie und man war der Ansicht, dass dieser Vorteil seinen möglichen Schaden aufhob. Zucker war ein fester Bestandteil der täglichen Kalorienzufuhr und schon kleine Kinder bekamen immens gezuckerten Tee, „damit sie groß und stark werden."

Dafür gab es nur sehr selten Süßigkeiten – oft mit Pistazien gefüllte Blätterteigtaschen –, da diese sehr teuer waren.

„Weißt du", sagte sie plötzlich. „Ihr in Europa trinkt Spülwasser und keinen Kaffee."

„Was – wie kommst du denn darauf?", konnte ich auf diese unmögliche Anschuldigung nur entgegnen.

Doch Suha lehnte sich gemütlich zurück, lächelte überlegen und meinte nur: „Na ihr wascht den Kaffee und trinkt dann das Spülwasser. Wir im Orient hingegen kochen den Kaffee lange und würzen ihn noch mit Kardamom. Das ist ein Getränk. Das ist richtiger Kaffee und kein Spülwasser, wie es bei euch getrunken wird."

Ich wollte eigentlich protestieren, musste aber lachen. Bei näherer Betrachtung hatte sie tatsächlich Recht.

„Okay, okay, stimmt. Aber uns schmeckt Spülwasser eben – gerne auch mit Milch." Wir mussten lachen. Von dieser denkwürdigen Unterredung an hieß Filterkaffe nur noch *Mai dschelli* – Spülwasser.

Ich hatte gerade etwas Brot in Hommos getunkt, das reichlich in Olivenöl stand, und überlegte mir, was ich als nächstes von den Köstlichkeiten zu mir nehmen sollte: etwas eingelegte Auberginen, gefüllt mit Knoblauch, Paprika und Walnüssen, *Makduz* oder doch lieber nur Brot mit Olivenöl und *Saater,* dem gemahlenen wilden Thymian.

Suha blieb bei Tee – das Frühstück fiel für Araber meist recht schmal aus – und lächelte.

„Wie kannst du nur so zufrieden sein?“, fragte ich meine Freundin. „Du wirfst dich einem Unbekannten an den Hals. Glaubst du wirklich, du wirst mit ihm glücklich?“

„Weiß nicht, das wird man sehen. Auf alle Fälle möchte ich ihn kennen lernen. Vielleicht ist er der Richtige für mich. Und wenn nicht, kann ich die Verlobung immer noch lösen. Immerhin kann ich so offiziell mit ihm weggehen. Ich muss Rasem vergessen.“

Sie tat mir leid, aber gleichzeitig war ich etwas beruhigt. Offensichtlich wollte Suha nicht gleich morgen heiraten, sondern ihren Kandidaten doch erst mal zumindest etwas näher kennen lernen – immerhin.

„Außerdem sind so alle beruhigt. Ich weiß, dass Bassam etwas mitbekommen hat.“

Da hatte sie allerdings Recht. Klar, dass auch das eine Rolle spielte.

„Okay. Dann bist du jetzt also so gut wie verlobt mit einem Mann, den du nicht kennst. Aber versprich mir, dass du ihn nur heiratest, wenn du ihn wirklich willst, wenn du wirklich mit ihm Kinder möchtest und mit ihm leben möchtest.“

Suha nickte. Wir wussten beide, dass diese Situation den Umständen entsprechend annehmbar war. Obwohl – eine Scheidung war für Christen nicht vorgesehen und fast unmöglich, im Gegensatz zu den Muslimen, bei denen sich der Mann nach der Scharia relativ einfach von seiner Frau scheiden lassen konnte, indem er sie drei Mal verstieß. Eine Muslimin konnte sich unter bestimmten Bedingungen trennen wie Nicht-Vollzug der Ehe.

Noch 'ne Party

Bei der nächsten Party bei Abu Masen traf ich John. Ich nahm mir fest vor, ihn auf Michael, den Kanadier, anzusprechen. Warum sollte ich meiner Freundin nicht helfen? Ehen wurden schon aus ganz anderen Gründen geschlossen. Eine Ehe zum Zwecke der Ausreise zu schließen war zumindest genauso toll, wie aus steuerlichen Gründen zu heiraten.

„Wo ist eigentlich Michael?“, erkundigte ich mich nebenbei und versuchte, meine Stimme so belanglos wie möglich klingen zu lassen. „Der wollte kommen. Ich warte auch auf ihn, ach der ist manchmal einfach so unzuverlässig.“ John wirkte ziemlich verärgert.

Ich hatte mir gerade ein Barrada-Bier geholt und hörte beschwingt der afrikanischen Musik zu, die gerade gespielt wurde. Das syrische Eigengebräu schmeckte gar nicht schlecht – auch ohne Reinheitsgebot. Um Bier zu kaufen, mussten erst leere Flaschen organisiert werden – diese waren Mangelware. Bald waren die Orte bekannt, wo leere Flaschen erhältlich waren – eine Art frühes Recycling auf syrisch. Die oft geschmuggelten Marken Heineken und andere waren viel zu teuer. Hans aus der Schweiz war natürlich mit 20 Dosen Heineken gekommen, als Party-Gabe. Typisch. Er wohnte auch nicht bei einer Familie, sondern von Anfang an in einer recht komfortablen Wohnung. Dafür sprach er auch nach einem halben Jahr in Damaskus noch kaum Arabisch.

Wahrscheinlich sah er sich schon als kommenden berühmten Nahost-Korrespondenten.

Er genoss das Leben hier, war sehr beliebt und in seiner komfortablen Wohnung traf man sich auch gerne.

Auf Hassan wartete ich ebenfalls. Er hatte zugesagt, auf die Party zu kommen, aber gleich mitgeteilt, dass es später werden könne, da er noch lernen müsse.

Das kam mir ziemlich fadenscheinig vor: Wer muss schon donnerstagabends lernen? Die Partys fanden meist einen Tag vor dem islamischen Feiertag statt oder samstags, denn die Schule hatte immer aus Rücksicht auf die meist muslimischen Lehrkräfte und die meist christlichen Schüler freitags und sonntags geschlossen.

Unser Verhältnis hatte sich noch mal verschlechtert, nachdem ich in einem weiteren Wortgefecht wegen der „Wohnungsaffäre" unbedacht geäußert hatte, dass man ja auch nicht wisse, was seine Schwester so in Latakia treibe. Zugegeben, das war ungeschickt, aber es war mir eben so rausgerutscht. Hassan wurde richtig wütend und meinte nur: „Meine Schwester macht so was nicht." Woraufhin ich ihn anpflaumte „Was heißt das – macht so was nicht? Meinst du das, was wir machen? Gibt es einen Unterschied zwischen deiner Schwester und mir? Ist sie anständig und ich nicht? Die Freiheiten, die für dich gelten, sind wohl für deine Schwester tabu?" Hassan hatte mich daraufhin nur angeschaut und entnervt gemeint: „Das verstehst du nicht." Dann war er gegangen. Aber ich hatte schon verstanden – die Freiheiten, die sich Männer, Söhne, Brüder herausnehmen – ja für sie selbstverständlich sind – gelten natürlich nicht für Frauen, Töchter, Schwestern. Daraufhin war erst mal Funkstille zwischen uns, bis heute.

Bald gesellte sich Riad zu uns, ein Medizinstudent aus Aleppo, der zweitgrößten syrischen Stadt und Wirtschaftszentrum, die etwa fünf Autostunden nördlich gelegen war. Fast alle hielten Aleppo, Halep auf Arabisch, für schöner als Damaskus: „Der Basar dort, der *Suq,* ist viel größer und beeindruckender, er liegt so herrlich und die imposante Zitadelle in der Stadtmitte ist wirklich gigantisch." So hörte man ständig. Das stimmte alles – doch für mich war Damaskus die schönere Stadt, weil größer, vielfältiger, lebendiger und die Altstadt bereits seit 1979 UNESCO-Weltkulturerbe. Bei meinem ersten Besuch in Aleppo hatte ich im geschichtsträchtigen Hotel Baron, das zu Beginn dieses Jahrhunderts von einer armenischen Familie erbaut worden war, übernachtet. Aleppo hatte eine große armenische Gemeinde.

Es war schon interessant gewesen, im gleichen Haus wie Lawrence von Arabien, Agatha Christie oder Atatürk zu schlafen – vielleicht auch im gleichen Zimmer?

Damaskus aber war meine Blume des Orients und blieb für mich einzigartig. Ich hatte diesen lauten Moloch längst in mein Herz geschlossen, fühlte mich hier zu Hause und genoss meine Damaszener Lieblingsecken.

Riad wirkte nicht sehr glücklich. Ich wusste, dass er mit seinem Studium haderte – außerdem hatte er Liebeskummer. Er war mit Margret, einer Schwedin, befreundet gewesen, doch die war nun mit Martin, einem Ghanaer aus meiner Klasse, zusammen.

Riad ging es nicht um die Herkunft seines Konkurrenten. Das war ihm egal. Doch damit war er eher die Ausnahme. Denn sicherlich hatte man es im Orient leichter, je heller die Hautfarbe war.

Menschen aus dem Westen wurden hier bevorzugt. Menschen mit – dunklerer Hautfarbe jedoch oft abfällig behandelt.

Rassismus gibt es überall.

„Komm Riad, nimm's nicht so tragisch", versuchte ich ihn zu trösten.

„Doch, ich bin sauer, sie könnte etwas Rücksicht nehmen, warum taucht sie hier mit ihm auf? Sie weiß doch, dass ich da bin."

Ich versuchte ihn vorsichtig darauf hinzuweisen, dass Margret natürlich das Recht hatte, mit ihrem Freund auf jede Party zu gehen.

„Du kannst doch auch vermuten, dass sie kommen. Warum bist du denn nicht zu Hause geblieben, wenn es dir noch so weh tut?"

Riad sah mich deprimiert an.

„Du hast ja Recht." Riad seufzte. „Aber da ist noch was, ich kann nicht mehr, ich schmeiß' mein Studium hin."

John und ich sahen uns an. „Was? Das gibt's doch nicht, du bist doch schon so weit!", brachte ich schließlich heraus.

„Ich kann kein Blut sehen. Mir wird immer schlecht. Mit der Theorie hatte ich keine Probleme, aber nun müssen wir immer mehr an die Patienten ran.“

Zunächst war Stille, niemand sagte etwas. Alle starrten Riad an – fassungslos.

„Warum hast du überhaupt Medizin angefangen?“, wollte John schließlich wissen.

„Ich musste. Ich war immer der Klassenbeste. Der Schulbeste sogar. Deshalb war für die Lehrer und meine Eltern klar, dass ich Arzt werde.“ Riad wirkte erschöpft.

Irgendwie wurde mir mulmig. Okay, wir hatten in Deutschland den Numerus Klausus. Auch bei uns ist nicht gesagt, dass die mit den besten Noten auch gute Ärzte werden, aber immerhin studieren sie Medizin freiwillig – hoffentlich.

„Konntest du dich nicht wehren?“ Das war wieder John.

„Wie denn? Was mein Vater beschließt, muss befolgt werden. Dabei interessiere ich mich für Technik, Elektrotechnik. Das wollte ich eigentlich studieren. Außerdem dachte ich, dass mir Medizin vielleicht Spaß macht und das mit dem Blut vergeht. Nun ist es fast zu spät. Irgendwie kommt immer alles zusammen.“

Wir wussten auch nicht, was wir darauf sagen sollten – außerdem waren wir eigentlich auf der Party, um zu tanzen und uns zu amüsieren. Aber egal. Riad war jetzt wichtiger.

Die Familie bestimmt im Orient das Leben, persönliche Wünsche und Ziele sind meist untergeordnet – so sollte es normalerweise sein.

„Geh doch ins Ausland. Sag deinem Vater, du möchtest in Europa oder den USA weiterstudieren. Und dann wechselst du einfach das Fach. Wenn du erst Ingenieur bist, ist dein Vater sicher ebenso stolz auf dich.“

Riads Vater war sehr wohlhabend und konnte sich ein Auslandsstudium seines Sohnes sicherlich leisten. Komisch, dass er überhaupt hier studierte.

Riads Mine hellte sich auf. „Gar keine schlechte Idee. Mein Vater wollte immer, dass ich im Ausland studiere. Aber ich hatte keine Lust – aber nun, warum nicht? Ich überleg's mir. Bye."

Und schon war er in der Menge verschwunden.

„Bin ich genial?" John strahlte mich an.

„Auf diese Idee könnte nun wirklich jeder kommen", warf ich noch ein.

„Wir müssen ihn auf jeden Fall unterstützen, wenn er Hilfe wegen eines Auslandsstudiums braucht. Riad ist ein wirklich netter Kerl."

Da hatte er recht.

Endlich kam Hassan. Er sah wie immer sehr gut aus, war bestens gelaunt und begrüßte alle überschwänglich. Auch mich nahm er liebevoll in den Arm und küsste mich zur Begrüßung kurz. Hier auf neutralem Gelände sozusagen ging das.

In Momenten wie diesen wusste ich eigentlich nicht, warum ich manchmal an unserer Beziehung zweifelte. Alles schien bestens – scheinbar.

Und dennoch fühlte ich, dass etwas nicht stimmte, dass es nicht mehr so war wie früher. Wirkliches Vertrauen fehlte und man war eigentlich nur noch zusammen, weil man seinen Gefühlen noch nicht traute – oder nicht trauen wollte.

Warum beließ ich es nicht einfach bei einer Urlaubsbekanntschaft, bei der klar ist, dass mit der Abreise alles vorbei wäre?

Eine leichte Sache für beide.

Aber so war ich noch nie und Hassan war mir viel zu wichtig für solch eine oberflächliche Betrachtungsweise.

Natürlich waren meine Gefühle für ihn sehr stark – trotz unserer Auseinandersetzung. Aber gleichzeitig tat es auch weh festzustellen, dass wir eventuell keine Zukunft hatten. Hier nicht und auch nicht in meiner Heimat. Ich wusste nicht genau, ob ich hier für immer leben wollte. Als deutsche Studentin – warum nicht? Man hatte Vorteile, wurde als westliche Ausländerin weitgehend zuvorkommend behandelt. Mit den 500 D-Mark, die mir meine Eltern jeden Monat überwiesen, konnte man hier fürstlich leben – vor allem wenn man den hohen Schwarzmarktkurs erhielt.

Aber für immer, als Ehefrau eines Syrers? Eine Heirat war wohl zwingend – wie sollte ich sonst die *Ikame,* die Aufenthaltsgenehmigung, bekommen – ich konnte nicht immer Sprachschülerin oder Studentin sein.

Das alles traute ich mir immer weniger zu – egal ob mit einem Christen oder mit einem Muslim verheiratet.

Obwohl. Ich musste an die Frauen der deutschen Gemeinde hier denken. Da gab es viele, die seit 20 oder 30 Jahren hier mit ihren syrischen Ehemännern lebten und das glücklich. Ihr Weihnachtsbasar war jedes Jahr ein gesellschaftliches Ereignis. Das Deutschsein wurde auch hier im Orient gepflegt. Treffpunkte waren auch die deutschsprachigen Gottesdienste, abgehalten von Pfarrern, die hierher eingeladen wurden oder von österreichischen Priestern, die ihre Landsleute der UN-Friedenstruppen betreuten.

Nach solchen Kirchgängen traf man sich oft in der deutschen Botschaft oder im Goethe-Institut, um bei gutem deutschen und arabischen Essen zu sitzen und zu plaudern.

Waren Hassans Eltern nicht das beste Beispiel für eine gut funktionierende binationale Ehe?

Also könnte ich nicht doch vielleicht hier bleiben?

Ich wusste es nicht und spielte mit meinen Gedanken, als ich Hassan plötzlich sagen hörte: „Lisa, wo bist du denn? Ich rede mit dir. Komm mal mit.“ Wir stellten uns etwas abseits in eine ruhige Ecke.

„Du bist nicht mehr bei mir. So geht das nicht. Du öffnest dich nicht mehr. Ich weiß, dass etwas nicht stimmt …“

Der das sagte, war Hassan. Eigentlich sollte das mein Text sein. Ich war überrascht: „Aber nein, was soll denn das. Das stimmt doch nicht. Du weißt, was ich für dich empfinde.“

Hassan sah mich nur enttäuscht an und sagte nichts.

Ich kam mir etwas schäbig vor, natürlich hatte er Recht. Meine Abwiegelungsversuche zur Zeitgewinnung waren gescheitert.

„Okay. Es stimmt“, gab ich nach ein paar schweigsamen Minuten zu. „Ich weiß nicht, ob ich noch mit dir zusammenbleiben kann. Ich weiß nicht, ob das hier mein Platz ist. Ich weiß nichts momentan. Vor allem deine Unterscheidung zwischen den Freiheiten, die du dir, mir und deiner Schwester einräumst – oder eben nicht, stören mich.“ Hassan war tief getroffen, das sah ich an seinem Gesicht – er wandte sich etwas ab und schluckte: „Lisa, so möchte ich nicht weitermachen. Lass uns mit diesem Spiel aufhören. So geht das nicht. Ich stehe zu dir, aber was ist mit dir? Entweder bist du bei mir, zu hundert Prozent, oder wir gehen getrennte Wege.“ So viel Konsequenz haute mich dann doch um und mir kamen Tränen, obwohl ich sonst nicht sehr nah am Wasser gebaut war.

„Warum denn? Lass uns doch weiterprobieren, vielleicht geht es.“

„Nein, Lisa. Überlege dir, was du willst, aber ohne mich. Melde dich, wenn du das weißt. Vielleicht bin ich dann noch da, oder eben auch nicht. *Chalas.*“

Er nahm mich in den Arm, gab mir einen kurzen Kuss auf die Wange und ließ mich stehen.

So war das also: *chalas* bedeutete so viel wie Schluss, aus, fertig. Ich war verlassen worden – und so schnell. Eigentlich hatte ich mir das überlegt, aber Hassan war mir zuvorgekommen. War das wirklich das Ende unserer Liebe – nach allem, was wir füreinander gefühlt, erlebt hatten?

Ich war echt fertig und kurz davor richtig loszuheulen. Hatte ich ihm Unrecht getan und vorschnell geurteilt? War alles nur ein Resultat meiner Klischees und Vorurteile? Sah ich ihn nur durch meine „kulturelle Brille“? War ich diejenige, die oberflächlich war und Hassan genoss wie ein Abenteuer und kein ernsthaftes Ziel verfolgte?

Ich wusste wirklich nichts mehr.

Auf alle Fälle wollte ich sofort nach Hause, denn ich wusste nicht, wie lange ich noch einigermaßen standfest war.

Ich stand wohl da wie ein Häufchen Elend als John kam und fragte, was los sei.

„Das überrascht mich nicht, Lisa – komm, ich bring dich nach Hause."

Noch 'ne Überraschung

„Warum überrascht dich das nicht?" Mehr brachte ich nicht heraus.

„Na ja, war doch abzusehen. Hassan ist ein netter Kerl, der würde mir auch gefallen, aber auf Dauer ist doch ein Muslim nichts."

Ich war zwar froh, dass John im Taxi mitgefahren war und mich begleitete, auf Alleinsein hatte ich jetzt überhaupt keine Lust, aber auf irgendwelche dummen Kommentare auch nicht.

„Sag mal, spinnst du, was soll denn das? Das kann doch nicht sein, dass du solche Sachen von dir gibst. Mit einem Muslim kann man genauso glücklich oder unglücklich sein wie mit einem Christ. Sei bloß ruhig, ich kann echt nichts mehr hören."

Und das meinte ich auch so. Ich war ganz mit meinem Kummer beschäftigt und wollte höchstens Mitleid, aber keine Besserwisserei.

Da fiel mir Ranias Interesse an einem Kanadier ein.

Auch um mich abzulenken, nutzte ich die Gelegenheit und bat John noch mit zu mir. Ich wusste, dass er das nicht falsch verstehen würde – außerdem wollte ich nicht wirklich allein sein. Hanna, die noch von nichts wusste, war noch auf der Fete geblieben.

Vielleicht war mein Unglück, wenn man es so nennen konnte, der Auftakt zu Ranias Glück.

Wir setzten uns ins Wohnzimmer und tranken noch einen Arak, einen Anisschnaps, den es hier überall gab. Die Araber tranken ihn immer mit Wasser gemischt, wodurch er milchig trüb wurde.

Ich bevorzugte ihn jedoch – wenn überhaupt mal – in kleinen Mengen pur.

Meine Tränen waren getrocknet und ich wunderte mich, dass ich nach kurzer Zeit schon wieder nicht mehr allzu traurig war.

Irgendwie hatte ich das Gefühl, dass es mit Hassan nicht wirklich aus war. Dafür war unsere Zeit zu intensiv und das Ende zu schnell.

„John, warum hast du eigentlich keine Freundin hier?“, versuchte ich uns abzulenken und auf ein neues Thema zu bringen.

John sah gut aus, er war ungefähr einsachtzig, dunkelblonde Haare, markantes Kinn. Mein Typ war er nicht, aber bestimmt wirkte er auf viele Frauen.

„Weil ich einen Freund habe.“

„Natürlich hast du einen Freund, sogar mehrere, nehme ich an. Aber das meine ich nicht.“

„Aber ich.“

Ruhe, bis ich begriff. „Das wusste ich nicht, Entschuldigung“, murmelte ich noch.

„Macht nichts. Ich hänge es hier nicht an die große Glocke – du weißt, dass das hier nicht geht. Homosexualität ist hier verboten. Aber Michael und ich sind seit drei Monaten zusammen.“

So, jetzt war es raus – und ich war überrascht. Auch für Rania: Der einzige Kanadier hier weit und breit war schwul.

John und Michael mussten wirklich vorsichtig sein – Schwulsein wurde von der Gesellschaft auf keinen Fall geduldet. Homosexuelle Männer konnten durch Heirat mit einer Frau und einen einmaligen Zeugungsakt der Gesellschaft zeigen, dass sie „normal“ waren – schlimm für die Ehefrauen. Lesbische Frauen konnten eventuell bei der Familie bleiben und vorgeben, dass sie nicht heiraten wollten und hoffen, dass dies von der Familie akzeptiert wurde – was nicht einfach war.

In Deutschland konnten Homosexuelle auch nicht heiraten und wurden diskriminiert, aber das hier war etwas anderes.

Schlimm war die Situation in Ländern wie Saudi-Arabien, dem Jemen oder dem Iran, in denen auf homosexuelle Handlungen die Todesstrafe drohte – ebenso wie in einigen afrikanischen Ländern.

Vielleicht konnten John und Michael wie so viele Männer hier zumindest Hand in Hand gehen. Für Araber ein Zeichen der Freundschaft. Oder wären zwei Europäer mit öffentlichen Berührungen verdächtig?

Ich beschloss, Rania nichts zu sagen und am besten das Thema ihr gegenüber nicht mehr anzuschneiden.

Vielleicht vergaß sie ihren Plan oder änderte ihr Ziel: Europa wäre ja auch nicht übel.

Noch ein Abschied

Am nächsten Morgen wachte ich mit einem ordentlichen Kater auf.

Hanna hatte ich nicht mehr gesehen, sie war wahrscheinlich erst sehr spät – oder sehr früh – von der Party nach Hause gekommen und Monique wohnte schon die ganze Woche wieder im Studentenwohnheim. Warum, wusste ich auch nicht, wahrscheinlich wollte sie einfach mal ihre Ruhe haben und andere Leute sehen. Manchmal war die Mischung von uns dreien hier in der Wohnung explosiv. So unterschiedliche Charaktere auf so engem Raum. Ich konnte Monique verstehen, wenn sie da manchmal Pause machte, das tat auch uns gut. Ich war mir sicher, dass sie bald wieder auftauchen würde.

Hannas Freund Mouayad war in meinem Ansehen ziemlich gesunken, denn Hassan hatte mir mal gebeichtet, dass Mouayad schon mit vielen Ausländerinnen eine Beziehung hatte. Nicht, dass er Hanna nicht mochte, aber heiraten zum Beispiel würde er sie wohl nicht, da käme bestimmt nur eine Araberin in Frage, Muslimin natürlich. Alles andere war für ihn Spaß – und Lernen.

Hassan hatte mich angefleht, Hanna nichts zu sagen, aber ich deutete es natürlich doch an, als Freundin war ich dazu verpflichtet sozusagen. Natürlich gab es dann Unstimmigkeiten – aber zwischen Hanna und mir: „Das ist ja wieder mal typisch: Frau Überkorrekt. Ich weiß, dass Mudi (so nannte sie ihn immer) vor mir schon Beziehungen hatte, warum denn auch nicht, das ist doch völlig normal. Aber er mag mich, das weiß ich und ich mag ihn und wir haben viel Spaß. Heiraten will ich übrigens auch nicht. Sonst noch was?“, hatte sie mich damals angeblafft.

Seither hatte ich dieses Thema nicht mehr angeschnitten.

Ich hatte mir gerade einen arabischen Kaffee mit viel Milch aufgekocht, eine euro-orientalische Mischung sozusagen, essen konnte ich nichts – wollte erst mal wieder einen klaren Kopf bekommen.

Da kam Hanna aus ihrem Zimmer. Sie sah auch nicht besser aus als ich gestern: rote verquollene Augen in einem deprimierten bleichen Gesicht.

„Er hat eine andere", sagte meine Freundin erstaunlich ruhig.

„Wer, Hassan?"

„Hassan, wieso Hassan? Mudi, Mouayad ist jetzt mit Mary zusammen. Er meinte, eine Engländerin hatte er noch nicht."

Ich verschluckte mich: „Das gibt's doch nicht, so ein Schwein."

Eigentlich hatte ich schon angesetzt zum: „Ich hab's dir ja gleich gesagt", konnte es mir aber gerade noch verkneifen.

„Zwischen uns ist es auch aus – zumindest momentan. Hassan meinte, ich sei nicht wirklich bei ihm."

Wir starrten uns an, eigentlich war uns zum Heulen zumute, doch irgendwie mussten wir lachen – während uns beiden die Tränen kamen.

„Glück und Leid in Damaskus", meinte ich schließlich. „Eigentlich müssten wir ein Buch über alles schreiben.

Hanna sah mich traurig an: „Ich hatte ihn doch ziemlich gerne, wirklich – so ein Mist – es tut weh. Aber du und Hassan, das ist doch etwas anderes, ihr liebt euch wirklich, das sieht doch jeder. Gib nicht so schnell auf – wenn du ihn willst."

„Lass doch, Hanna, mach dich nicht selbst fertig, das ist der Kerl nicht wert. Sieh es einfach als Erfahrung. Wir lernen, und du wolltest ihn doch auch – so wie er war. Aber ich weiß nicht, ob ich Hassan noch möchte, er hatte schon recht. Wir brauchen beide Zeit. Und Hanna, es ist zwar nur ein Spruch, aber es stimmt: Die Zeit heilt alle Wunden."

Ich kam mir wirklich blöd vor: Abgedroschene Lebensweisheiten von sich geben war wirklich nicht sehr hilfreich. Auch wenn sie stimmten. Da kam mir gleich noch ein weiterer Spruch in den Sinn, den ich Hanna ebenfalls unbedingt mitteilen musste und den mir eine Stuttgarter Freundin mal gesagt hatte: *Jedes Töpfle find sei Deckele.*

Komisch, dass es diese Weisheit auch im Arabischen gab: *Li kul tandschara fi rata.*

Hannas Miene hellte sich nicht wirklich auf. Im Gegenteil.

„Ich muss hier weg. Ich halte es hier nicht mehr aus. Man kann sich als Frau nicht wirklich frei bewegen. Ich möchte wieder Fahrrad fahren und so – mit kurzen Hosen oder meinen geliebten Minikleidern im Sommer draußen rumlaufen – ganz normale Dinge. Einen Kaffee trinken in einem der vielen Straßencafés – an den Baggersee fahren oder in eines der vielen Schwimmbäder bei uns. Mir fehlt Sport: Joggen, Tennis, das alles. Du weißt doch noch, als wir hier mal Fahrrad gefahren sind? Einmal und nie wieder. Das hat das Verkehrschaos noch vergrößert.“ Ich musste nun doch lächeln – klar erinnerte ich mich – Frauen auf dem Fahrrad waren hier absolut ungewohnt und wohl auch unsittlich. „Hier geht es doch nicht ehrlich zu – alles ist möglich, aber eben nicht offen – das nervt total. Das Mahad geht mir auch auf den Wecker. Mir reicht's, ich fahr zurück. Und meinen Deckel finde ich hier sowieso nicht – und wenn doch, kann ich mich nicht normal mit ihm zeigen, Händchen halten, knutschen und so.“

Schock. Das konnte doch nicht sein. Hanna wollte weg.

Ich versuchte sie zu überreden, aber es half nicht.

Ich hoffte nur, dass sich ihre Meinung nach einmal Schlafen oder in den nächsten Tagen noch ändern würde. Aber dem war nicht so. Hanna wollte abreisen.

Irgendwie verstand ich sie sogar, obwohl ich die Situation hier anders empfand.

Natürlich, als Frau hatte man hier nicht so viele Möglichkeiten oder Freiheiten, es war besser nachts nicht allein auf die Straße zu gehen, aber das war in manchen Vierteln von Berlin oder Hamburg auch nicht anders. Und natürlich hörte man hier manchmal blöde Sprüche, die natürlich mit immer besserem Verständnis des Arabischen immer lästiger wurden. Und die Araber hatten schon ziemlich sexistische Kraftausdrücke drauf, auch in der Umgangssprache, wenn sie sich ärgerten – zum Beispiel weibliche Geschlechtsorgane.

Aber ich lebte gerne hier und fühlte mich sicher, was eventuell auch an den rigorosen Gesetzen hier in Syrien lag. Mit der Polizei war nicht zu spaßen und die Gefängnisse waren wirklich abschreckend.

Hannas und meine Empfindungen waren typisch. Der Orient polarisierte: Entweder man war total begeistert und liebte ihn oder man ärgerte sich nach einiger Zeit über vieles.

Und es blieb dabei. Hanna reiste ab. Kaum eine Woche nach ihrem Entschluss begleitete ich sie zum Flughafen. Ich versuchte zu lächeln, Hanna lächelte wirklich. Ihr fiel die Rückkehr leicht. Ich hingegen konnte mir überhaupt nicht vorstellen – zumindest momentan – Damaskus zu verlassen.

Ich war vom Orient-Virus befallen: Einmal von ihm infiziert, lässt er einen nicht mehr los.

Palmyra

Auch bei mir musste sich etwas ändern – so viel war mir klar.

Nur was?

Ich wollte zunächst einmal allein sein. Doch das fiel in der Millionenmetropole schwer.

Meine Wohnung war der Treff von vielen Freunden der Schule. Monique tauchte bestimmt auch bald wieder auf, das war klar – jetzt, da Hannas Zimmer frei war.

Ich dachte an ein Haustier. Das wäre vielleicht nicht schlecht, um mich abzulenken. In Deutschland hatten wir früher immer Katzen. Hier gab es auch welche, aber nur Straßenkatzen, die sich selbst Nahrung suchten und so ziemlich von jedem verscheucht wurden.

Natürlich gab es auch keine Tierhandlung, denn Haustiere waren hier ebenfalls *aib,* verpönt. „Tiere gehören in den Stall, in den Wald oder auf die Straße, aber auf keinen Fall ins Haus“, hatte selbst Hassan mal von sich gegeben, wofür er einen Rüffel von mir bekommen hatte. Auch Hunde waren nicht sonderlich beliebt – höchstens als Wachhund in ländlichen Gegenden. Also war ein Haustier hier als Trost keine Alternative

Aber was nun? Ich musste einfach weg – ein paar Tage abschalten, die Gedanken ordnen.

Da plötzlich kam mir der rettende Gedanke: Palmyra.

Ich hatte über die Ruinenstadt mitten in der syrischen Wüste, Richtung Irak, schon viel gehört und gelesen. Über die einzigartige Lage, die Ruhe dort, die Schönheit der Ruinen.

Vor 9000 Jahren war dieser Ort bereits besiedelt und im zweiten Jahrtausend vor Christus als Oase ein wichtiger Handelsposten.

Erst die Römer, die die Stadt in den Jahren vor Christi Geburt eroberten und zu einem zentralen Handelsknotenpunkt ausbauten, nannten sie Palmyra: Palmenstadt, ein wichtiges Handelszentrum der Karawanenstraßen unweit der Seidenstraße zwischen Euphrat und Mittelmeer.

Am Busbahnhof, von dem die kleinen Überlandbusse starteten, herrschte ein unglaublicher Lärm und Gestank.

Die kleinen Busse in Privatbesitz, in die ungefähr zwanzig Fahrgäste passten, waren meist sehr alt, aber mit bunten Farbtupfern und mit viel orientalischer Deko wie Ketten, Tüchern oder Fotos hübsch geschmückt.

Die Besitzer waren stolz auf ihr Eigentum und achteten stets darauf, dass ihre sowieso nicht gerade sauberen Busse am Reiseziel zumindest einigermaßen ordentlich verlassen wurden.

Auf einem großen Schild stand auf Arabisch *Tadmor* – so hieß die Stadt neben Palmyra – und da wollte ich hin. Der Fahrer winkte die Menge in den Bus und rief immer wieder den Zielort. Fast schien es, als ob er Reisende, die zum Beispiel nach Aleppo wollten, noch umstimmen könnte auf einen Trip in die Wüste.

Ich stieg ein und hatte noch reichlich Auswahl. Ein Platz am Fenster gefiel mir.

Schnell waren fast alle Plätze besetzt. Neben mir landete eine alte Frau mit einem großen Korb voller getrockneter Datteln, den sie auf ihrem Schoß drapierte und der halb zu mir hinüberreichte. Immer wenn es in eine Kurve ging, drohten die Datteln zu mir zu schwappen, wogegen ich nichts gehabt hätte, denn ich liebte diese Früchte, die sehr viele Nährstoffe haben und deshalb auch als „Brot der Wüste“ bezeichnet werden.

Hinter mir nahm ein Mann mit seinem Sohn Platz. Sie redeten in einer Sprache, die ich noch nie gehört hatte. Dabei flüsterten sie fast und ich hörte sie nur, weil sie direkt hinter mir saßen. Irgendwann wusste ich, dass sie Kurdisch sprachen. Es hörte sich für mich ein bisschen wie Russisch an.

Kurden, die größte ethnische Minderheit in Syrien, leben vor allem im Nordosten um die Städte Qamischly und Hasaka. Ein winziges Areal im Vergleich zu den kurdischen Siedlungsgebieten im Irak oder in der Türkei.

Auf der Rückbank saßen zwei Männer. Einer hatte seine Hand auf das Knie seines Nachbarn gelegt. Inzwischen hatte ich mich ja an diesen Anblick gewöhnt, der hier ganz selbstverständlich war als Zeichen der Freundschaft. In Europa hingegen wäre es zumindest ein Hingucker.

Die drei Stunden Fahrt vergingen sehr schnell, aus dem defekten Autoradio schallte krächzend arabische Musik in gewohnter Lautstärke. Ich versuchte dennoch, mich mit meiner Nebensitzerin zu unterhalten.

Sie sprach in einem etwas schwer zu verstehenden ländlichen Dialekt, in den ich mich erst einhören musste. Sie kam aus dem Norden, der 200 000-Einwohner-Stadt Raqqa am Euphrat, hatte erst ihren Sohn Nadschi in Damaskus besucht und war nun auf dem Weg zu ihrem zweiten Sohn in Tadmor.

Währenddessen aßen wir immer wieder Datteln. Nach zwei Stunden war der Korb bereits um einiges geschrumpft und ich sehnte ein Ende der Fahrt herbei, da mir von der holprigen Raserei zunehmend schlecht zu werden drohte.

Ich war froh, als Umm Nadschi meinte, nun müssten wir gleich da sein, denn der Fahrer beschleunigte und das bedeutete, dass auch er endlich aussteigen wollte.

Angekommen in der Wüste

Der Anblick war überwältigend. Soeben noch inmitten einer Wüstenlandschaft bot sich nach einer Kurve ein atemberaubender Anblick: Säulentürme und Ruinenfelder erblickte man in der Ferne, die einen zunächst an eine Fata Morgana glauben ließen.

Je näher man kam, desto ergreifender und unglaublicher wurde das, was sich vor einem auftat: Die Überreste einer Stadt, die seit Jahrhunderten an eben diesem Ort jeden Besucher in Staunen versetzte. Ein grandios erhaltenes Ruinenfeld, das die einstige Größe dieser Stadt deutlich werden ließ.

Wir fuhren am örtlichen Hotel Sham vorbei, einem gut gemeinten Fünfsternehotel, gebaut im Stil eines osteuropäischen Prestigebunkers und in dem, wie ich später erfahren sollte, kaum jemand nächtigte. Nur Reisegruppen logierten dort ab und zu.

Der Bus hielt dann ein paar hundert Meter weiter unmittelbar neben der Ruinenlandschaft vor einem kleinen Lokal nahe beim Hotel Zenobia.

Ein Syrienführer hatte dieses Hotel als geschichtsträchtig und preisgünstig (was wichtiger war) empfohlen.

Ich war begeistert – es lag tatsächlich direkt bei den Ruinen. Von der Terrasse aus konnte man die alten Säulen fast berühren.

Agatha Christi und Lawrence von Arabien sollen auch hier logiert und diesen Anblick genossen haben. Schon unser zweites gemeinsame Domizil nach dem Hotel Baron in Aleppo, musste ich schmunzeln – was natürlich auch damit zusammenhing, dass die besseren Übernachtungsmöglichkeiten hier im frühen 20. Jahrhundert rar gesät waren, obwohl Lawrence ja sonst monatelang auf seinen Feldzügen mit Beduinen in der Wüste war. Doch sie hatten umsonst gegen die Osmanen gekämpft – für Britannien und Frankreich war der

Zugang zum Suezkanal und auch Routen nach Indien wichtig. Der Erste Weltkrieg traf zusammen mit dem Beginn des Ölzeitalters: Bald gab es die ersten Ölfunde außerhalb Irans. Es war klar, dass Ölfelder im Persischen Golf wie im Nahen Osten lagen.

Der Begriff Naher Osten, dachte ich, stimmt auch nur vom Westen aus gesehen.

Gertrude Bell war auch in Palmyra – bestimmt hatte sie auch hier übernachtet, dachte ich: Die britische Schriftstellerin und Archäologin bereiste zu Beginn des 20. Jahrhunderts den Orient und drang in Regionen vor, die vor ihr noch keine westliche Frau betreten hatte: zum Beispiel die kaum erforschte Gebirgsregion Dschabal ad-drus im Drusengebiet. Sie schrieb in einem Brief: „Es ist manchmal ein komisches Gefühl, ganz allein draußen in der Welt zu sein, aber meistens betrachte ich es jetzt, wo ich mich daran gewöhnt habe, als eine Selbstverständlichkeit.“ Während des Ersten Weltkriegs war sie ebenfalls für den britischen Geheimdienst tätig – wie Lawrence, den sie gut kannte – und wurde mit dem *Order oft the British Empire* ausgezeichnet. Beide waren vom Orient fasziniert, sprachen Arabisch, waren aber auf ihre Weise an der britisch-französischen Aufteilung des Nahen Ostens beteiligt.

Aber nur Lawrence wurde berühmt – warum gibt es über ihn einen Film, den ich mehrfach gesehen habe, aber über Gertrude nicht?

Das Hotel *Zenobia,* benannt nach der berühmten Königin von Palmyra, die im dritten Jahrhundert ihr Reich bis nach Ägypten ausweitete, dann aber von den Römern besiegt wurde, hatte seine besten Tage lange hinter sich, aber immer noch viel von dem alten Charme erhalten können. Nur war alles etwas heruntergekommen und abgenutzt – und es roch etwas modrig.

Doch all dies konnte meine Begeisterung nicht mindern.

Am Abend ging ich in das kleine Restaurant neben dem Hotel und bestellte ein paar Vorspeisen: *Hommos*, *Mutabal* und *Tabule*. Für diese arabischen Köstlichkeiten ließ ich jedes europäische Gericht stehen. Auch *Falafel* liebte ich sehr. Diese frittierten Kichererbsenbällchen gab es an jeder Straßenecke in Fladenbrot gewickelt – die arabischen Pommes sozusagen.

Ich genoss die nachlassende Hitze. In Syrien gab es keinen Frühling. Nach europäischem Verständnis herrschten hier eigentlich nur zwei Jahreszeiten: Sommer und Herbst. Den Winter hatte ich hier allerdings härter erlebt als in Deutschland, denn richtig warm war es nur direkt neben dem Ofen und dieser Platz war streng hierarchisch dem ältesten männlichen Familienmitglied überlassen.

Das Sommerende kündigte sich meist überraschend mit einem sintflutartigen Sturzregen an, der circa zwanzig Minuten dauerte und wirklich alles überschwemmte. Alles stand unter Wasser und Straßen waren unpassierbar. Nichts ging mehr. Selbst die Taxis fuhren nicht mehr. Und der Sommer kam irgendwann Anfang Mai ebenso überraschend von einem Tag auf den anderen mittels plötzlich extrem ansteigender Hitze.

Am Nebentisch auf der kleinen Terrasse des Lokals mit Blick auf die Ruinen aßen zwei Männer: Einer gekleidet mit einer *Galabia,* dem weißen arabischen Männergewand, das bis auf den Boden reichte und aussah wie ein Nachthemd, aber sehr bequem war und den Witterungen hier angepasst, und ein Mann in einem etwas zu großen Anzug.

Wir nahmen sofort Blickkontakt auf und sie forderten mich auf Englisch auf, bei ihnen Platz zu nehmen.

Ich antwortete auf Arabisch, dass ich im Moment lieber allein essen wollte. Ein Anliegen, das in der arabischen Welt äußerst seltsam anmutete. Kein Araber möchte allein sein, niemand will hier allein essen.

Ich dachte an Hassan und was aus uns geworden war. War unsere Beziehung wirklich gescheitert? So sah es im Moment jedenfalls aus. Ich weigerte mich das zu akzeptieren und korrigierte mich – drohte sie wirklich zu scheitern? Gab es ein Zurück?

Auch um mich abzulenken und nicht mehr an Hassan zu denken und traurig zu werden, schaute ich wieder zu den beiden Männern, die wieder andeuteten, ich solle doch herüberkommen.

Warum eigentlich nicht, dachte ich mir – etwas Ablenkung kann nicht schaden. Ich konnte die Situationen hier eigentlich ganz gut einschätzen. Wann etwas brenzlig war und wann nicht, wann man lieber bestimmten Menschen aus dem Weg gehen sollte und wann nicht. Wir waren hier in einem öffentlichen Lokal: Fremden gegenüber wollte man gastfreundlich sein – zumal die aus dem Westen interessant erschienen. Mir war klar, dass eine Syrerin solch eine Einladung nicht annehmen würde und wohl auch nie so eingeladen würde – das war *aib* – verpönt, unsittlich.

Wenngleich nicht immer mit einer Anmache verbunden, war dennoch Vorsicht geboten, wollte man nicht einen ständigen Begleiter bekommen.

Aber diese beiden sahen wirklich harmlos aus. Und in Palmyra gab es viele Touristen, wenn auch nicht um diese Jahreszeit, da zu heiß.

Ich war angekommen: Selbst in der syrischen Wüste, die eher eine Steppe war, fühlte ich mich wohl.

Mohammed, gekleidet mit der *Galabia,* war Beduine und Ahmed stellte sich als der Besitzer des Lokals heraus.

Beide waren sehr zuvorkommend und höflich. Wir aßen zusammen und unterhielten uns über Deutschland, Syrien und natürlich die Eigenarten der jeweiligen Männer. Die landestypischen Eigenschaften und Unterschiede der Männer aus Arabien und Europa schienen hier wirklich alle Mitglieder des männlichen Geschlechts brennend zu interessieren.

„Bist du verheiratet?“ Das war natürlich eine der ersten Fragen.

Als ich verneinte, glaubte ich eine verhaltene Freude auf ihren Gesichtern zu erkennen. Ich dachte nicht, dass sie etwas erwarteten, aber mit einer ledigen Frau konnte man sich freier unterhalten – es tauchte auch nicht plötzlich ein Gatte auf, dem man die Situation dann erklären musste und mit dem es dann eventuell Probleme gab.

Von Hassan erzählte ich nichts – ich wollte keine weiteren Diskussionen und Fragen.

„Seid ihr denn verheiratet?“

„Natürlich!“ Stimmt. Wie konnte ich das nur fragen. Es war selbstverständlich, dass ein Mann mittleren Alters verheiratet war.

„Er hat sogar vier Frauen.“ Ahmed wies auf Mohammed.

Das war dann doch etwas ungewöhnlich. In Syrien war die Vielehe doch sehr selten. Eigentlich konnte sich das niemand leisten, denn nach dem Koran durfte ein Muslim zwar vier Frauen heiraten, musste aber alle gleich behandeln, in wirklich jeder Beziehung.

Womit 95 Prozent aller Männer bereits finanziell und emotional überfordert waren.

Dass das natürlich bei den verbliebenen fünf Prozent in der Praxis sicherlich ganz anders aussah, war aber ebenso klar.

„Bei uns gibt es das oft. Die Beduinen lieben eben die Frauen und die alten Riten. Außerdem brauche ich vier Frauen, denn bei mir gibt es viel Arbeit, da reicht eine Frau nicht."

Ich verschluckte mich fast, erwiderte aber nichts.

In Deutschland hingegen hätte ich jeden nach solch einer Bemerkung sicherlich beschimpft, abgesehen davon, dass Polygamie oder wie hier Polygynie bei uns ja verboten ist.

Mich interessierte, ob Mohammed offiziell polygam war oder nur islamisch, das heißt durch eine Zeremonie in einer Moschee noch drei Ehefrauen hinzugenommen hatte. Aber ich fragte nicht – es ging mich auch nichts an.

„Mir wäre das zu viel", warf Ahmed ein. „Eine Frau ist ja schon anstrengend, aber vier? Nein, vollkommen unmöglich, da würde ich verrückt werden."

Mohammed erzählte, dass er nicht weit von Palmyra entfernt sein Lager hätte. Eine typische Beduinenstätte mit großen Zelten, Frauen, Kindern – er hatte zwölf – und viele Tiere, Ziegen und vor allem Kamele.

Häufig kam er mit zwei Kamelen und diente sich als Touristenführer an, aber nie allzu lange, denn eigentlich hatte er das nicht nötig, da er nach Beduinenmaßstäben ein wohlhabender Mann war.

Abends saß er dann oft mit Ahmed zusammen. „Englisch kann ich auch, das habe ich mir selbst beigebracht aus einem Buch."

Ich kam in Versuchung sein Englisch zu testen, denn das Arabisch, das er sprach, war für mich wieder nicht leicht zu verstehen.

„Komm doch morgen raus zu mir, dann zeige ich dir, wie wir leben."

„Wirklich, das wäre toll." Ich freute mich sehr.

Darauf hatte ich gehofft einerseits – andererseits hatte ich dann doch Bedenken. Konnte ich den beiden trauen?

Ahmed schien meine Gedanken zu lesen.

„Meine Frau kommt mit. Nahla war schon lange nicht mehr bei den Beduinen."

Also okay. Schnell nahm ich die Einladung an und zog mich auch bald zurück.

Auf dem kurzen Weg hoch ins Hotel machte ich noch einen kurzen Abstecher zu den Ruinen und setzte mich zwischen sie. Ich legte meine Arme um den Rest einer Säule, die wahrscheinlich schon zweitausend Jahre an diesem Ort stand, und versuchte mir vorzustellen, wie die Menschen damals hier den Weg entlanggingen – und genoss die Ruhe.

Wer noch nicht in der Wüste war, weiß nicht, wie still es dort sein kann – und wie unglaublich schön. So beeindruckend, nach all dem Trubel und Lärm und Gestank in Damaskus – nun hier diese vollkommene Abwesenheit von Geräuschen inmitten dieser monumentalen Zeugen der Vergangenheit.

Umgeben von Sand und Steppe sitzend war ich überwältigt von meinen Gefühlen, von der Atmosphäre hier in der Wüste, von meiner Liebe zu diesem Land und den Menschen. Und von der Dankbarkeit dies alles erleben und fühlen zu dürfen. Ich fühlte mich unendlich frei – vielleicht das erste Mal in meinem Leben.

Gleichzeitig ging die Sonne unter. Das war jetzt fast zu viel Kitsch – schmunzelte ich für mich. Doch der Moment war einfach phänomenal.

Auch Hassan war nicht mehr gegenwärtig, nur verschwommen dachte ich in diesem Augenblick noch an ihn – aber tief und warm.

Ich empfand ein tiefes Glücksgefühl – alles war gut so!

Und ich freute mich auf morgen.

Bedu

Ahmed und seine Frau Nahla holten mich gleich nach dem Frühstück mit einem alten Jeep ab, der wahrscheinlich noch aus der Mandatszeit stammte. Seine dunkle Farbe schimmerte leicht unter der Staubschicht und dem Rost hindurch.

Wir fuhren in die Wüste und bald sahen wir keine Häuser mehr. Um uns herum nur Steppe, Sand, Felsen, ein paar Wüstenpflanzen und Gräser.

Irgendwann tauchten am Horizont dunkle Punkte auf. Keine Fata Morgana, sondern tatsächlich Zelte – drei an der Zahl, wie sich beim Näherkommen herausstellte.

Mohammed wartete schon auf uns.

Er stand vor dem größten Zelt. Die Beduinenbehausungen waren keine geschlossenen Zelte, wie man sie bei uns kannte, sondern dicke gewebte Stoffe, die an riesige Teppiche erinnerten, wurden auf Pflöcke aufgelegt und mit Seilen an Stangen im Sand befestigt.

Mohammed stand, wie gesagt, vor dem größten Zelt, das bestimmt drei Meter hoch war. Daneben standen zwei kleinere – genauso aufgebaut.

Innen war alles mit schweren Teppichen ausgelegt.

Etwas abseits kauerten angekettet sechs Kamele und in einem Gatter daneben ungefähr zehn Ziegen.

Nach der überschwänglichen Begrüßung stellte uns Mohammed seine Frauen vor. Sie lächelten, gaben uns aber nicht die Hand, und zehn Kinder ungefähr zwischen sechs und sechszehn Jahren standen schüchtern vor ihren jeweiligen Müttern. So nahm ich zumindest an.

Wo die zwei restlichen Kinder waren, fragte ich nicht. Vielleicht hatte sich Mohammed auch einfach verzählt oder die Erinnerung hatte durch das Barrada-Bier etwas gelitten.

Wir gingen in das Hauptzelt und setzten uns. Eine Frau brachte uns Tee, zog sich dann aber sofort zurück. Nahla hatte sich gleich zu den Frauen gesellt und unterhielt sich angeregt mit ihnen. Der Tee schmeckte noch süßer und intensiver als sonst. Es war herrlich, bei Beduinen in der syrischen Wüste auf äußerst bequemen Teppichen zu sitzen. Wieder überkam mich dieses Gefühl der Dankbarkeit darüber, hier sein zu dürfen.

Aber irgendwie war es seltsam: Alle Frauen außer mir waren beschäftigt. Die Männer ließen sich bedienen. Das war hier so üblich. Sie waren für das Material zuständig und die Geldbeschaffung. Die Frauen für den Rest: Zeltauf- und abbau, Kinder, Kochen, die Tiere Versorgen, also eigentlich alles. Da das Material bereits da war, hatte Mohammed Feierabend sozusagen – und das schon einige Zeit.

„Mein Vater konnte noch durch die ganze arabische Halbinsel ziehen, wohin er wollte. Für ihn und seine Familie gab es keine Grenzen. Erst ich habe einen Pass bekommen. Die Regierung wollte uns sesshaft machen. Aber dazu habe ich keine Lust. Und ab und zu können wir wirklich noch umherziehen, ohne auf die modernen Grenzen achten zu müssen. Wir Beduinen sind nicht wie die anderen Menschen hier, wir haben ein eigenes Leben."

Mohammed erzählte von sich, seinen Ahnen und ich liebte es, ihm zuzuhören. Ahmed hatte sich längst auf den Teppichen ausgestreckt und beabsichtigte wohl, so schnell nicht mehr aufzustehen.

Also streckte ich mich ebenso aus.

So lagen wir dann und unterhielten uns.

Ab und zu kamen die Frauen und brachten etwas zu trinken und Obst oder Süßigkeiten.

Ich kam mir immer dekadenter vor und schämte mich fast für meine Bequemlichkeit und dafür, dass ich mich von Mohammeds Frauen bedienen ließ, auch Nahla kam nur ab und zu vorbei, grüßte kurz und ging wieder. Offensichtlich fühlte sie sich unter Frauen wohler und hatte kein Bedürfnis nach der Gesellschaft ihres Mannes. Ein Prinzip, das hier im Orient weit verbreitet war. Die Geschlechter blieben meist unter sich.

Aber das sollte freiwillig geschehen und ohne Zwang.

Diskussionen über europäische Lebensführung oder gar Emanzipation verkniff ich mir jetzt: Ich war Gast und genoss gerade wieder einmal die arabische Gastfreundschaft. Jede Mithilfe hätte die Frauen beleidigt und wäre unhöflich gewesen.

Verdammt noch mal, ich ließ es mir einfach gut gehen, warum nicht?

Plötzlich hörte ich ein lautes schrilles Quietschen, fast wie ein Schrei – ich schaute erschrocken auf. „Sie schlachten gerade eine Ziege für dich", hörte ich Mohammed erfreut sagen.

„Was?" Ich konnte es nicht fassen. Das war dann doch zu viel der Gastfreundschaft „Aber das ist doch nicht nötig, wirklich, ich brauche kein Fleisch, vielen Dank."

Mohammed war fast beleidigt „Schon passiert." Das war alles, was ich von ihm hörte. Die Ziege wurde ohne Betäubung mit einem Schnitt geschlachtet und musste nach islamischem Recht vollständig ausbluten und war dann – *halal,* also „erlaubt".

Ich hatte verstanden und beendete meinen Protest, das war nun wirklich unhöflich. Ein Gast hatte Essen zu konsumieren, es aber nicht zu kommentieren!

Fleisch war nun wirklich nicht meine Leidenschaft, eigentlich war ich Vegetarierin, stellte ich fest. Seit ich in Syrien lebte, hatte ich fast kein Fleisch mehr gegessen, höchstens noch als Füllung in Auberginen oder in *Kibbe,* den Weizenbällchen mit Hackfüllung. Die vielen leckeren Vorspeisen hier – *Mezze* – wurden meist aus Gemüse und Hülsenfrüchten zubereitet, in vielerlei Varianten zusammen serviert und waren äußerst delikat. Das deutsche Dreierlei, Kartoffeln, Gemüse und Fleisch mit Soße, gab es hier nicht. Außerdem war Fleisch teuer, und nur sehr selten konnte es sich der Normalbürger leisten. Dafür war es natürlich umso begehrter und niemand konnte verstehen, dass man freiwillig – so wie ich – auf Fleisch verzichtete.

Und nun erwartete mich auch noch ein frisch geschlachtetes Zicklein, das ich gerade eben noch lebendig gesehen hatte. Glücklicherweise wusste ich nicht, welche Ziege hatte dran glauben müssen.

Nach ungefähr zwei Stunden wurde dann das Essen gereicht.

Ein weiterer Teppich wurde ausgelegt, viele kleine Beilagen fanden zuerst den Weg auf den Tisch – vielmehr den Teppich.

Wir warteten auf den Hauptgang und saßen nun alle wieder im Schneidersitz außer mir, denn ich hatte meine Beine nach hinten abgewinkelt, wie es üblich war für Frauen. Ich wusste, eine Grundregel lautete: Zeig nie auf jemandem mit deinen Fußsohlen oder deinen Schuhsohlen – das wäre wirklich für jeden Orientalen eine absolute Beleidigung.

Nahla kam, flankiert von einer der Gattinnen. Sie trugen ein riesiges Tablett und platzierten es mit sichtlicher Mühe in der Mitte.

Ich erschauderte. Auf einem Berg Weizengrütze lag ein ausgekochter Ziegenkopf umgeben von vielen kleinen Fleischstückchen.

So etwas hatte ich noch nie gesehen.

Die Frauen zogen sich wieder zurück. Diesmal wäre ich gerne mitgegangen.

Ahmed neben mir freute sich sichtlich „Ah, so etwas Tolles habe ich schon lange nicht mehr gegessen. Es geht doch nichts über ein Beduinenmahl.“ Mit diesen Worten drückte er seinen rechten Daumen so stark auf die Schädeldecke, dass sie krachte. Dieses Geräusch war ähnlich dem, das entstand, als mir mein Zahnarzt die Weisheitszähne raushebelte oder als ich mir mal das Bein gebrochen hatte.

Ahmed setzte an und schlürfte genüsslich das Hirn aus. Natürlich nicht, ohne es vorher kurz unter meine Nase gehalten zu haben und anzudeuten: „Na, willst du vielleicht?“

Ich schüttelte kurz den Kopf. Ich musste mich beherrschen. Ahmed schien erleichtert und mit einem Schluck war das Hirn weg. Was blieb, war der gescheitelte Kopf auf Weizengrütze.

Besteck gab es wie üblich nicht. Alles Überflüssige wurde erst gar nicht angeschafft und das war gut so hier in der Wüste. Kein Plastik – außer mal eine gekaufte Wasserflasche.

Zaghaft versuchte ich, mit der rechten Hand – wie es üblich war – etwas Weizen ohne Fleisch herauszufischen und zu einer Kugel zu formen, was mir auch gelang. Es war ziemlich fett und schmeckte nach Ziege. Ich riss mich zusammen und schluckte herunter. Nur nicht unhöflich sein.

Mohammed beobachtete mich und registrierte erfreut, dass ich aß.

„Los“, forderte er mich auf „Iss Fleisch, das ist gesund, das ist deine Ziege.“

„Danke, vielen Dank, aber ich habe im Moment keinen so großen Hunger, ich habe so viel Obst gegessen.“

Diese Erklärung schien einleuchtend zu sein. Jedenfalls ließen es sich Ahmed und Mohammed richtig schmecken und forderten mich nicht mehr auf.

In diesem Augenblick sah ich, wie Ahmed neben mir der Ziege ein Auge ausdrückte, es ansah und genüsslich in den Mund steckte.

Mir wurde etwas flau im Magen.

Ich nahm noch ein paar Happen, um meinen guten Willen zu zeigen.

War ich nun zickig, verwöhnt oder doch nicht so offen wie ich gerne sein wollte?

Egal. Es war trotzdem herrlich hier. Wirklich einmalig. Ich genoss trotz toter Ziege jede Sekunde. Die Stille und Schönheit der Wüste waren überwältigend – ebenso wie die Beduinen. Sie strahlten eine innere Ruhe und Zufriedenheit aus, die neidisch machen konnte.

Inzwischen war es später Nachmittag und wir rauchten noch jeder eine Wasserpfeife. Auch das war eine Premiere hier. Bisher hatte ich noch kein Bedürfnis gehabt nach Schischa oder Nargile. Doch nun passte es.

Ich wusste, dass ich mich mein Leben lang an dieses Gefühl der Ruhe und Weite genau erinnern würde, vielleicht vor allem, wenn es mir nicht gut gehen oder ich unzufrieden sein würde – und es würde mir helfen.

Als wir zurückfuhren, ging einer meiner schönsten Tage hier in Syrien zu Ende.

Die allerschönsten Tage waren aber immer noch die mit Hassan.

Alles anders

Schon auf dem Weg zurück nach Damaskus wusste ich, dass sich etwas ändern musste. Hanna war in Deutschland und Hassan war eigentlich genauso weit weg.

Ich dachte oft an ihn, traute mich aber nicht, ihn anzurufen. Ich wusste auch nicht genau, was ich wollte: Wieder eine Beziehung mit ihm? Würde sie besser werden nach der ersten Versöhnungseuphorie oder würden bald wieder die alten Konflikte aufbrechen – wie oft. Wiederholt sich im Leben immer alles – auch die Probleme? Wie bei Hassan? Eigentlich war alles gut gelaufen zwischen uns. Dann hatte ich mich entfernt nach den ersten Schwierigkeiten und ihm nicht mehr vertraut, ihm nicht mehr alles erzählt.

Was erwartete ich tatsächlich? Einen Araber, der sich komplett wie ein Westeuropäer benimmt? Ich war misstrauisch und lauerte ständig auf Machoallüren – oder hatte er das nicht längst getan, als er wiederholt Respekt einforderte für sich und seine Gesellschaft – egal was passierte?

Ich musste mir klar werden, was ich wollte. Wollte ich ihn wirklich? Könnte ich hier in Syrien leben – vielleicht für immer? Wenn mir wirklich etwas an Hassan lag, musste ich mir auch vorstellen können, mit ihm hier zu leben. Wahrscheinlich war seine Mutter vor 25 Jahren im gleichen Konflikt gewesen. Dabei wusste ich noch gar nicht, ob er mich überhaupt noch wollte. Egal. Ich musste mir über meine Gefühle Klarheit verschaffen.

Müssten wir einen Kompromiss eingehen für eine gemeinsame Zukunft? Sicherlich – wie in jeder Beziehung. Und konnte ein solcher Kompromiss eine Zukunftschance bieten, die uns beiden gerecht werden würde? Da fiel mir ein, dass Kompromisse im Orient schlecht angesehen und nicht wirklich erstrebenswert waren.

Ich wollte nicht mehr darüber nachdenken und mir den Kopf zermartern, sondern beschloss eine räumliche und örtliche Veränderung.

Ich wollte umziehen – in ein anderes Viertel. Raus aus dem Zentrum, mehr an die Peripherie. Etwas ganz anderes musste es sein.

Plötzlich wusste ich, wohin ich zu gehen hatte: nach Jarmuk, dem Stadtteil der palästinensischen Flüchtlinge, der in den vergangenen Jahrzehnten zu einem befestigten Teil von Damaskus geworden war.

Ich hatte mal einen französischen Freund aus dem Mahad dort besucht und es hatte mir sehr gut gefallen. Nicht wegen des Ortes, der war um einiges ärmlicher und verwahrloster als mein jetziger Stadtteil Muhadscherin, sondern wegen des besonderen Flairs. Man spürte die Geschichte dieses Viertels und ihrer Bewohner förmlich.

Das Palästinaproblem hatte mich schon während meines Studiums beschäftigt. Und bei meinem ersten Besuch in Israel und Palästina hatte ich meine Liebe oder besser Leidenschaft für den Orient entdeckt.

Und wenn es nicht möglich war, von hier aus auch nur für einen kurzen Abstecher in die palästinensischen Gebiet zu fahren, so interessierte mich der Ort, an dem die Palästinenser hier lebten; circa 400 000 haben bis auf das Wahlrecht fast alle Bürgerrechte, aber keine Staatsbürgerschaft.

Eine Wohnung fand ich überraschend schnell, Marcel, mein französischer Klassenkamerad, hatte sich umgehört. Ein paar Straßen weiter von ihm wohnte eine Witwe mit sechs Kindern, sie hatte auf ihr Haus noch eine kleine Wohnung gebaut, die sie nun vermieten wollte.

Viele stockten ihre Flachdächer in Gemeinschaftsarbeit mit Freunden und Verwandten auf: dünne Wände, schnell gemacht. Im Winter brauchte man dann nur noch einen syrischen Tropf-Ölofen in die Wohnung zu stellen und fertig war die Zusatzeinnahmequelle. Leider hatte meine Wohnung kein richtiges Bad, das heißt, es gab keine Möglichkeit, Wasser im Hamam zu erhitzen. „Das bauen wir nächstes

Frühjahr richtig aus", beschwichtigte mich meine Vermieterin Umm Ali. Da bin ich nicht mehr hier, dachte ich, aber egal – irgendwie würde ich mir zu helfen wissen.

Umm Ali war Palästinenserin, natürlich. Sie war Witwe und musste die Kinder alleine durchbringen.

Das gelang ihr einigermaßen mit Hilfe ihrer Verwandten, ihrer Kinder – der älteste Sohn Ali war bereits 18 und arbeitete in Lokalen als Kellner – und einer kleinen Rente aus einem palästinensischen Nothilfe-Fonds, den die PLO für Witwen eingerichtet hatte – und nun der Miete. Irgendwie war die PLO auch eine große Arbeitsbeschaffungsmaßnahme, denn jede Ober- und Unterorganisation erhielt Zuschüsse aus einem großen Finanztopf, die wiederum unzählige Mitarbeiter – oder besser Verwaltungsangestellte – in den Jamuk-Büros und deren Familien ernährten. Hier bekam man von den anderen PLO-Aktivitäten nichts mit. Alle sahen aus wie – ziemlich heruntergekommene – Vereinsbüros bei uns, außer dass in Deutschland natürlich niemand mit einer Kalaschnikow vor der Tür Wache schob.

Auch die UNRWA, die UN-Organisation für palästinensische Flüchtlinge, half vor allem im Bildungsbereich.

Inzwischen werden circa fünf Millionen palästinensische Flüchtlinge und deren Nachkommen von dem UN-Hilfswerk in verschiedenen Ländern betreut.

Meine neue Wohnung war nicht sehr groß, dafür aber neu und mit einer großen Dachterrasse ausgestattet, von wo aus man einen herrlichen Blick über Jarmuk und die angrenzenden Stadtteile hatte. „Passt gut für gemütliche Abende bei Sonnenuntergang und Partys", fiel mir spontan ein.

In Jarmuk fühlte ich mich sofort wohl. Der Stadtteil liegt am Rande der Metropole, ab 1957 erbaut für palästinensische Flüchtlinge, die bis dahin jahrelang in Moscheen, Schulen oder anderen Plätzen campiert hatten. Jarmuk ist das größte der syrischen Flüchtlingsviertel.

Die meisten kamen, als hunderte palästinensische Dörfer vor und während der Staatsgründung Israels und während des ersten arabisch-israelischen Krieges zerstört und circa 800 000 Palästinenser vertrieben wurden oder flüchteten. Es kam auch zu Tötungen wie im Falle des Dorfes Deir Yassin.

Ungefähr 300 000 Palästinenser flohen dann ebenso 1967 nach dem Sechstagekrieg, als die Westbank von Israel besetzt wurde.

Eigentlich waren die Palästinenserviertel Jarmuk und gleich daneben Philastin (der arabische Name für Palästina) nur zwei breite Straßen, von denen jeweils kleinere, verzweigte abgingen.

Straßenhändler, die Obst, Gemüse, Kaffee und Zigaretten feilboten, prägten das Bild wie in der übrigen Stadt auch. Nur hingen hier überall noch Fotos von palästinensischen Führern.

Arafat und seine Fatah-Organisation waren zwar nach Rivalitäten mit den Machthabern aus Syrien verbannt, dennoch konnte man sein Konterfei ab und zu erspähen. Er war immer noch der Held und das Symbol des palästinensischen Volkes.

Feinere Restaurants suchte man in diesen Gegenden vergebens, doch natürlich gab es hier wie überall auch die Falafel- und Hommosbuden. Auch *Ful,* die Saubohnen – eine weitere arabische Spezialität –, konnte man hier kaufen.

Palästinenser teilten auch in Syrien das Schicksal vieler Flüchtlinge – ihnen wurde mit einer Mischung aus Vorurteilen und Misstrauen begegnet.

Umm Bassam war nicht die einzige, die die Ansicht vertrat, dass die Palästinenser von Syrien und den arabischen Staaten viel Geld bekommen würden, ohne etwas dafür tun zu müssen. Das gleiche ungefähr hatten mein Vater und seine Eltern zu hören bekommen, nachdem sie 1945 aus Ostpreußen geflohen waren – auch wenn man dies natürlich nicht vergleichen kann.

Qasiyun

Noch einmal wollte ich mit Hassan reden. Schon seit einigen Tagen, seit ich in Jarmuk wohnte, dachte ich an ihn, hatte ich das Gefühl, ihn sehen zu müssen.

Ich hatte kein bestimmtes Thema. Ich wollte keinen theatralischen Versuch ihn zurückzugewinnen und ihm nicht zeigen, dass ich toll bin und er einen großen Fehler gemacht hatte.

Ich wusste ja selbst nicht, ob ich wieder mit ihm zusammen sein wollte. Aber er fehlte mir. Wir hatten wirklich eine schöne Zeit gehabt. Ich hatte mich noch nie jemandem so verbunden gefühlt wie Hassan.

Ich wollte ihn sehen. Einfach nur reden, wie es ihm ging, was er machte.

Natürlich interessierte es mich auch, ob er eine neue Freundin hatte.

Aber zugegeben, was mir fehlte, war auch menschliche Wärme, Streicheleinheiten – wie es so schön heißt.

Mir war aber nicht klar, wie weit ich gehen wollte.

Konnte es überhaupt mit einem Ex einen One-Night-Stand geben oder fiel das noch in die Rubrik „Nach-Beziehungs-Wehen“?

Doch was machte ich mir Gedanken darüber? Das führte zu weit.

Ich rief ihn von der Hauptpoststelle aus an. Von dort konnte man auch internationale Telefonate anmelden, was ich manchmal tat, wenn ich mit meinen Eltern reden wollte. Auf ein R-Gespräch nach Deutschland, das der Angerufene bezahlte, musste man circa zwei Stunden warten.

Hassans Familie jedenfalls hatte nicht nur eine Waschmaschine, sondern auch einen Telefonanschluss.

Hassan war nicht mal überrascht: „Ja, klar können wir uns treffen, wenn du Lust hast – kein Problem.“

Etwas enttäuscht war ich schon. Zumindest hatte ich erwartet, dass er unsicher reagierte, zögert, sauer oder ablehnend war – irgendwas.

Aber dies war ja gar keine Reaktion: Hassan – cool wie immer.

Fast hatte ich kein Bedürfnis mehr ihn zu sehen, aber andererseits wollte ich mich nicht verunsichern lassen.

Wir verabredeten uns an einem meiner Toplieblingsplätze – auf dem Berg Qasiyun, zu dessen Füßen Damaskus liegt.

Auf einer Straße, die hoch oben in den Fels gebaut war, befinden sich Ausflugslokale mit gesalzenen Preisen. Aber auch Verkäufer, die auf einem Tisch, der von zu Hause mitgenommen wurde, Tee und vielleicht noch einen arabischen Cola-Verschnitt anbieten.

Von dort oben hat man einen gigantisch beeindruckenden Blick über die Dächer von Damaskus. Man sitzt wie auf einer Terrasse über der Stadt, so nah erscheint die Kulisse. Als ob man zugreifen könnte.

Wunderschön war es dort immer am späten Nachmittag,

Man erwartete den Einbruch der Dämmerung und konnte dann Zuschauer sein, beobachten, wie der Tag verging und die Lichter der Millionenstadt zu leuchten anfingen. Überall dort, wo grüne Lichter aufleuchteten, waren Moscheen. Man hörte den Muezzin rufen und erlebte den Einbruch der Nacht mit.

Das waren überwältigende Momente. Dieses Schauspiel würde mich ein Leben lang begleiten. Denk ich an Damaskus bei Nacht, denk ich an den Qasiyun.

Wie immer

Hassan sah aus wie immer. Er lächelte, strahlte mich an und nahm mich zur Begrüßung ganz kurz in den Arm. „Gut siehst du aus."

Er sagte es und ich dachte es.

Wie lange hatte ich ihn nicht mehr gesehen? Wenige Wochen? Es kam mir ewig und gleichzeitig wie gestern vor, dass wir uns auf der Party getrennt hatten. Wir? Eigentlich er von mir – aber ich hatte auch nicht versucht ihn aufzuhalten.

„Was macht das Studium?"

Eine solche Frage zu Beginn war zwar etwas peinlich und unpersönlich, aber irgendwie rutschte sie mir raus, obwohl es mich eigentlich nicht besonders interessierte.

„Gut, alles läuft bestens."

Soso, dachte ich, alles läuft bestens. Na dann.

„Und bei dir?"

„Auch gut."

Ich erzählte ihm, dass ich in Jarmuk wohnte, von meiner Wohnung, von Umm Ali, wie es dort ist.

„Jarmuk, ich war nur ein- oder zweimal dort. Da ist es doch nicht schön, was willst du denn da? Sei vorsichtig mit den Palästinensern."

Ich konnte es nicht glauben, schon wieder Vorurteile. Aber ich wollte unser erstes Wiedersehen nicht mit einem Streitgespräch torpedieren. „Komm doch einfach vorbei und schau es dir selbst noch mal richtig an. Jarmuk ist ein interessanter Stadtteil und die Leute, die ich bisher getroffen haben, waren alle sehr nett."

Hassan ging nicht auf mein Angebot ein, sondern wählte sofort ein Lokal, von dem man wirklich einen atemberaubenden Blick über Damaskus hatte. Es dämmerte gerade. Dies war die Zeit, die ich am meisten liebte. Überall gingen die Lichter an. Wir tranken Tee.

Hassan hatte auch ein paar Vorspeisen bestellt: *Hommos*, *Mutabal*, *Falafel* – Fladenbrot war wie immer dabei.

Er schaute mich mit seinen dunklen Augen tief an. „Bist du glücklich?"

Eigentlich hätte ich ihn jetzt gerne umarmt, vielleicht auch geküsst. Aber das ging natürlich nicht, denn erstens waren wir hier in einem arabischen Land und zweitens waren wir ja offiziell getrennt und ich wollte nicht sofort wegen einer Gefühlsschwankung meine Prinzipien über Bord werfen.

„Ja", kam es sofort von mir, obwohl das nicht wirklich stimmte.

Ich berichtigte: „Eigentlich schon."

„Was soll denn das heißen? Bist du es nun oder nicht?"

„Hassan, was soll das!" Fast wurde ich ärgerlich. „Ich habe mich eingerichtet, daran gewöhnt, ohne dich zu sein, obwohl ich mir Damaskus ohne dich lange Zeit nicht vorstellen konnte. Aber der Mensch stellt sich um, muss sich umstellen. So ist das. Ich lebe gerne hier, gerne in Jarmuk. Hanna fehlt mir, Monique sehe ich kaum noch – und du – ich möchte ehrlich mit dir sein. Ich weiß nicht … die letzten Wochen haben mich zur Ruhe gebracht."

Hassan schaute mich an, als ob ich einen Schwank erzählt hätte und die Pointe käme noch. Sein Name bedeutet gut oder auch hübsch – das wusste ich inzwischen – passend gewählt, dachte ich noch.

Er grinste und meinte nur lakonisch: „Lisa, was erzählst du denn da, das Leben lässt sich nicht immer testen. Es gibt keine Sicherheit. Egal was du tust, wohin du auch gehst, du nimmst dich immer mit. Es geht nicht darum, ob wir miteinander für immer leben können, egal wo. Und du hast Recht – ich unterscheide zwischen meiner Schwester und dir. Das ist unsere Gesellschaft mit unseren Normen. Aber das hat nichts mit uns zu tun. Wirklich nicht, glaube mir. Ob wir uns jetzt mögen und zusammen sein möchten, darum geht es. Klar bist du einigermaßen glücklich. Aber du vermisst mich."

Für diese Aussage hätte ich ihn sofort ohrfeigen können. Das war wirklich unmöglich. Er durchschaute mich sofort. Oder nahm er mich nur nicht ernst?

Ich war sauer und glücklich zugleich, denn er hatte natürlich Recht. Ich vermisste ihn und fühlte mich gut neben ihm.

Ich konnte ihn förmlich spüren und hätte ihn gerne in den Arm genommen.

Gleichzeitig schreckte ich zurück: Konnte ich wirklich diese Unterscheidung in Kauf nehmen? In Deutschland würde er das anders sehen, da war er frei von gesellschaftlichen Zwängen – oder hoffte ich das nur?

Ich beschloss, über diese Schwäche hinwegzusehen, denn das war sie für mich. „In Beziehungen müssen immer Kompromisse eingegangen werden", dachte ich und ging zur Frage über. „Und du, was ist mit dir? Vermisst du mich?"

„Klar, natürlich, ich denke jeden Tag an dich. Ich habe eigentlich gedacht, du meldest dich früher. Es hat etwas lange gedauert, bis du deinen Stolz überwunden hast. "

Seine Ehrlichkeit war wirklich entwaffnend. Ich war sprachlos.

„Komm, lass uns gehen", hörte ich.

So schnell hatte ich eigentlich nicht kapitulieren wollen. Wollte er nun nach Hause oder zu mir? Ich hörte mich noch „okay" sagen, dann zahlten wir und gingen.

Wieder vereint?

Wir schlichen an der Wohnung von Umm Ali vorbei.

Ich wusste wirklich nicht, wie sie reagieren würde, wenn sie uns sehen würde.

Wahrscheinlich würde sie etwas verschämt grüßen und ansonsten ihren Unmut unterdrücken – oder aber sie würde uns oder zumindest Hassan laut beschimpfen und rauswerfen.

Umm Ali erzog ihre eigenen Töchter streng islamisch. Alle trugen Kopftuch und keiner wäre es eingefallen alleine auszugehen. Männerkontakte vor der Ehe waren ausgeschlossen.

Doch ich war Europäerin und es war klar, dass bei uns andere Sitten herrschten.

Vielleicht würde sie mir auch am nächsten Tag kündigen, da sie einen schlechten Einfluss auf ihre Mädchen befürchtete – wie es Hanna passiert war.

Egal: Niemand bemerkte uns und als wir schließlich in meiner Wohnung waren, liebten wir uns, als ob wir nie getrennt gewesen wären. Er hatte mir wirklich sehr gefehlt.

Am nächsten Morgen nahm mich Hassan in die Arme. Mir war klar, dass er davon ausging, dass wir wieder zusammen waren.

Doch bei mir ging es nicht so schnell.

„Und nun – alles beim Alten?“, brachte ich das Thema ziemlich plump auf den Punkt. Blöde Frage, zugegeben, aber sehr eloquent war ich noch nie und wollte es auch nicht sein.

„Was soll die Frage? Ihr Europäerinnen! Wir waren und sind doch zusammen oder als was würdest du das bezeichnen, was wir hier die letzten Stunden gemacht haben?“

Hassan schien verletzt. Aber ich war mir wirklich nicht sicher, ob ich wieder fest mit ihm zusammen sein wollte.

Doch dann siegte der Bauch – oder vielmehr das Herz. Gegen den Verstand oder wo auch immer die Bedenken in mir herkamen.

Nun verstand ich. Ich liebte ihn und nur darauf kam es an. Plötzlich war alles einfach.

Ich küsste ihn und flüsterte: „*Behebak habibi.*" Ich liebe dich, mein Schatz.

Hassan strahlte, umschlang mich, hob mich hoch und raunte nur: „Idiotin. *Habibti*, mein Schatz"

Für mich war dies die schönste Liebeserklärung und er hatte Recht. *Habibi* heißt mein Liebling – zu einem Mann gesprochen. Doch habibi ist auch eine geläufige Ansprache im Sinne von Kumpel. *Habibti* sagt der Mann zu einer Frau.

Hassan und ich trafen uns von nun an wieder regelmäßig, wenn auch nicht so häufig. Zwar war ich fünf Tage in der Woche im Zentrum von Damaskus in der Schule und wir sahen uns dann meistens im Sham-Café oder im Toledo oder schlenderten wie üblich durch die Straßen rund um das Hotel Sham. Aber ich versuchte immer noch irgendwie, unsere Beziehung etwas auf Distanz zu halten. Sicherlich, alles war bestens, aber ich konnte meinen Kopf eben nicht ganz ausschalten.

Jedenfalls traf ich Hassan nicht täglich. Als Grund nannte ich vermehrtes Lernen, was eigentlich auch stimmte, doch tatsächlich brauchte ich auch Zeit für mich.

Bei seinen Eltern waren wir nun selten. Zu schnell wurde man vielleicht als potentielle Schwiegertochter gesehen und in Zukunftsgespräche verwickelt. Hassan akzeptierte auch dies und es war ihm irgendwie auch recht.

Umm Ali sprach Hassans Besuche nie an; sie ignorierte die Situation, grüßte ihn aber freundlich distanziert, wenn sie doch mal aufeinandertrafen – und wir versuchten so diskret wie möglich zu sein. Das heißt, wir waren immer leise – vor allem wenn wir etwas später nach Hause kamen.

So kamen wir alle mit der Situation glänzend zurecht.

Immer noch meine Familie

Jarmuk wurde bald ebenso mein Zuhause wie vorher das Christenviertel Bab Tuma oder meine erste eigene Wohnung im Muhadscherin.

Monique sah ich außer in der Schule kaum noch. Der Weg hierher war ihr wohl zu weit und die Gegend zu unattraktiv.

Sie wohnte jetzt bei einer Französin in Mezze, einem für mich nicht sehr schönen Hochhaus-Neubauviertel, das aber für die Damaszener äußerst attraktiv und modern war.

Zu meiner Familie ging ich meistens freitags – gerne auch zum Baden, das war einfacher als bei mir – dort konnte ich Wasser nur auf dem Herd in einem Topf erhitzen. Dann waren auch alle da und wir hatten genügend Zeit, um uns zu unterhalten, bis wir mit dem *Hamam* dran waren.

Die Namen der Wochentage in arabischen Ländern werden von ihrer Folge bestimmt: Sonntag ist der erste, der *ahad,* genauer *yaum al-ahad,* dann folgt der *ithnein,* also Montag, der zweite Tag, und so weiter bis zum *yaum-al sabat,* dem siebten Tag, dem Samstag. Nur Freitag, der islamische Feiertag, heißt *yaum al-dschuma,* in der Bedeutung so etwas wie „Zusammenkunftstag".

Außerdem waren freitags im Christenviertel die Läden geöffnet. Ein weiterer Anziehungspunkt waren zwei spezielle Bäcker.

Nicht dass die typischen mit Käse oder *Saater* (getrockneter Thymian und andere Kräuter) gefüllten Teigtaschen besser als anderswo gewesen wären. Nein. Sie waren ebenso köstlich wie in anderen Bäckereien der Stadt. Doch einer der Bäcker hatte in seinem Sortiment große helle, runde knusprige Brötchen, die aus Baguetteteig gebacken worden sein mussten, denn sie schmeckten genauso wie in Frankreich. Und der andere verkaufte das spezielle Brot für die Damaszener Zuckerkranken. Dieses Brot war ein vollkornähnliches dunkles Fladenbrot.

Schlimm war für einen Syrer, der mit der Nachricht konfrontiert wurde, er habe Diabetes, nicht nur der Verzicht auf Süßes, sondern wohl auch, dass von nun an sein geliebtes helles Fladenbrot gestrichen war.

Dieses dunkle Brot essen zu müssen war wohl eine der größten anzunehmenden Strafen, die der Alltag bereithielt.

Deutsche jedoch suchten schon nach kurzer Konfrontation mit dem Weißmehlprodukt nach einem Ausweg aus diesem Ernährungsengpass und fanden: das dunkle Diabetesbrot, das jedoch nur wenige Bäcker in der Stadt buken.

Einer davon eben in Bab Tuma. In Jarmuk hatte ich noch keinen ausfindig machen können.

Hassan kannte diese Marotte bereits von seiner Mutter. Offensichtlich hatten auch Ostdeutsche eine Vorliebe für Vollkornprodukte. Doch meine syrische Familie war fassungslos:

„Wie kannst du so etwas nur essen? Niemand macht das freiwillig."

Rania war wirklich sprachlos und das wollte bei ihr etwas heißen.

„Seid ihr in Deutschland alle krank? Das schmeckt doch nicht. Ich würde das nicht runterkriegen." Als ich das erste Mal dieses für meinen Geschmack annehmbare – wenn auch nicht mit gutem deutschem Vollkornbrot vergleichbare – Brot mitbrachte, schauten mir alle mit großen Augen beim Essen zu.

„Der Cousin meiner Mutter und dessen Nachbar hatten auch Zucker und mussten das essen." Ich versuchte Abu Bassam zu erklären, dass wir aus Vorliebe gerne dunkles Brot essen würden.

Irgendwann gewöhnten sie sich an diese deutsche Marotte.

Und so verband ich die wöchentlichen Besuche mit einem Auffüllen meines Brotvorrats.

Außerdem war es immer wieder herrlich heimzukehren, durch die Altstadt und den Basar zu schlendern und Bekannte und vor allem meine Familie wiederzusehen.

Suha hatte inzwischen tatsächlich ihren Bewerber geheiratet. Der Festtag war entgegen der hier üblichen Sitten recht schmal ausgefallen: Es gab nur ein Essen im engen Familienkreis. Ich war eingeladen, konnte nicht kommen, da ich mich krank gefühlt hatte an diesem Tag.

Vielleicht wollte ich aber nur nicht mit ansehen, wie Suhas Schicksal ihren Lauf nahm. Aber sie schien tatsächlich glücklich zu sein oder zumindest zufrieden. Ihr Mann verehrte sie wirklich. Er war einfach sehr, sehr froh, eine so schöne Frau mit einem guten Beruf bekommen zu haben, mit der man sich gerne zeigte und die auch für ein gutes Einkommen sorgte. Alles andere war ihm egal, er verdrängte es oder wollte es nicht wissen. Damit gehörte ihr Gatte zu den absoluten Ausnahmen. Suha hätte ja tatsächlich auch ablehnen können – bei Jüngeren hingegen ist der Druck der Familie oft zu groß.

Suha wohnte nun mit ihrem Mann in meinem Zimmer: Dort wo ich mich zu Beginn meiner Zeit hier in Damaskus eingemietet hatte.

Ihnen fehlte das Geld für eine eigene Wohnung – noch. Sie zahlten etwas Miete und hofften auf eigene vier Wände – irgendwann.

Basel schien wirklich in Ordnung zu sein und verstand sich auch gut mit dem Rest der Familie. Er akzeptierte natürlich die gegebenen Hierarchien mit Abu Bassam an der Spitze und dessen ältestem Sohn. Doch dann kamen schon er und Umm Bassam. Josef war noch zu klein und spielte in diesem Ranking noch keine Rolle.

„Glück gehabt – bisher“, dachte ich, „es hätte auch anders laufen können.“

Ein Fan orientalischer Kuppelei wurde ich natürlich dennoch nicht.

Rania träumte immer noch vom Ausland, war aber in ihren Bemühungen nach westlichen Kontakten bisher nicht wirklich weitergekommen. Ihre syrische, muslimische Liebe schien vorbei zu sein.

Christliche Bewerber, die auch bei ihr von Zeit zu Zeit diskret nachfragen ließen, wies sie umgehend ab: „Kein Interesse.“

Abu und Umm Bassam sowie Bassam waren langsam verärgert und sorgten sich, dass sie – mit Mitte 20 als jetzt schon nach orientalischem Verständnis spätes Mädchen – überhaupt noch jemanden abbekommen würde. Eine Heirat gehört einfach zu einem normalen Leben dazu. Sie redeten ihr bei jedem Bewerber gut zu. Vergebens. Rania blieb hart. „Lieber keinen als irgendeinen."

„Und was ist, wenn du in fünf Jahren wirklich noch keinen gefunden hast?" Langsam redete ich wie der Rest der Familie „Willst du immer mit deiner Familie leben? Irgendwann nur noch mit Suha, ihrem Mann und deren Kindern als Tante?"

„Warum nicht, hier ist es schön und ich kann machen, was ich will. Ich arbeite, das macht mir Spaß, ich brauch' keinen Tyrannen, der mich rumkommandiert."

Sie hatte natürlich Recht. Doch es war im Orient, selbst in Syrien, mutig so zu reden. Und war es in Deutschland wirklich besser?

Die Gesellschaft erwartete auch bei uns die Erfüllung bestimmter Geschlechterrollen und der Trend ging zu immer weniger Zeit für Kinder.

Ranias Position war immerhin – so fand ich – besser als die von Bassam: Er war 23, hatte weder eine heimliche Freundin noch eine Verlobte, dachte aber an Familiengründung, wie er mir erzählte. Doch dazu war Geld nötig für zumindest etwas Gold als obligatorisches Brautgeschenk und für Wohnraum – wo auch immer. Doch davon konnte er momentan nur träumen.

Schneller Sommer

Im Sommer konnte man bei auch schon mal 40 Grad tagsüber kaum vor die Tür.

Um die Mittagszeit schien Jarmuk wie ausgestorben.

Auch in meiner Wohnung waren die Wände zu dünn, um Schutz vor der Hitze zu haben.

Und trotzdem war diese Temperatur für mich leichter auszuhalten als 30 Grad in Deutschland.

Manchmal flüchtete ich zu meiner Familie. Die Baumeister früherer Jahrhunderte verstanden es sehr gut, ohne Klimaanlage die Hitze von den Innenräumen fernzuhalten. Im Innenhof und in den anliegenden Räumen eines jeden Altstadthauses blieb es kühl. Dort konnte man es selbst an den heißesten Tagen aushalten.

An einem solchen Hitzetag hatte ich eine besondere Idee. Ich wollte nur mit den Töchtern Abu Bassams in ein Freibad gehen, was fast einer kleinen Kulturrevolte gleichkam, da zumeist nur Jungs so was machten.

In Damaskus gab es zwei öffentliche Freibäder, die aber nicht besonders sauber waren. Dort erfrischten sich fast nur männliche Syrer. Frauen trauten sich kaum hin oder durften nicht und wenn, dann nur meist in „Scharia-Badeanzügen“ wie Burkinis bei den Arabern heißen und in Begleitung am besten mehrerer männlicher Familienmitglieder. Ich war dann auch nur einmal dort.

Das Sheraton-Hotel hatte auch einen schönen Pool, aber ein monatliches Abo hierfür kostete ein durchschnittliches Monatsgehalt und war natürlich für den Normalsyrer unerreichbar.

Nicht ganz so teuer, aber immer noch unerschwinglich für meine Familie waren die etwas außerhalb, meistens in der kühleren Bergregion gelegenen privaten „Sporting-Clubs“: Ein großer Swimmingpool bildete das Zentrum, an dem sich junge wohlhabende Syrer erholten – beiderlei Geschlechts.

Bassam und selbst Josef waren natürlich nicht begeistert von diesem Vorhaben, konnten aber meine Einladung nicht offen ablehnen, da dies mir gegenüber unhöflich gewesen wäre.

Die Mädchen hingegen konnten ihr Glück kaum fassen und waren begeistert. Zähneknirschend gab Bassam – sein Vater war gerade nicht da – seine Einwilligung.

So riefen wir uns also am Bab Tuma ein Taxi – ich hatte keine Lust eine zeitaufwendige Fahrt mit dem Bus zu unternehmen – und freuten uns darauf, in den kühleren höher gelegenen Regionen etwas auszuspannen.

Im Pool blieben Suha und Mariam aber im flachen Bereich, denn schwimmen hatten sie nie gelernt. Rania traute sich gar nicht ins Wasser. „Was ist los, komm doch auch rein, es ist herrlich erfrischend hier."

„Nein, jetzt nicht", meinte Rania so leise wie möglich zu mir.

„Warum denn, was ist denn los? Bist du krank?"

„Nein, aber ich habe meine Tage."

„Na und – ich auch!"

Ranias sah mich mit großen Augen an. „Was, und da badest du?"

„Natürlich, warum denn nicht?"

Damals gab es kaum Tampons in Syrien, alle benutzten nur Binden. Ich gab Rania ein paar und sie traute sich dann tatsächlich ins erfrischende Nass.

Hier sah ich kein Mädchen und keine Frau mit Burkini.

Noch ein deutsch-syrisches Paar

Ab und zu unternahm ich auch mit Hassan einen Ausflug in die Umgebung, in die höher gelegenen Dörfer. Er bekam von seinem Vater das Auto und so konnten wir die Hitze und den Lärm von Damaskus etwas hinter uns lassen. An solchen Tagen fuhren wir dann nach Saidnaya oder nach Maalula, einem berühmten Dorf mit einer der ältesten Kirchen der Welt – dort wird noch Aramäisch gesprochen, jene Sprache, die Jesus gesprochen haben soll. Hassan liebte diese Dörfer auch. Weil sie ruhig waren und sehr schön gelegen. Ein richtiges Kontrastprogramm zur Millionenmetropole Damaskus. „Weißt du, ich bin zwar Muslim, aber meine deutsche Oma erzählte mir immer von Jesus. Insofern bin ich auch gerne in Kirchen. Jesus ist auch für uns ein Prophet.“ Manchmal nahmen wir Josef oder Mariam mit. Für sie war das dann immer etwas Aufregendes. Eine Sensation, ein Abenteuer, etwas ganz Besonderes. In Syrien hatte jeder Kinder, das war etwas ganz Normales. Sie gehörten dazu. Nur machte man keine Sonderprogramme für sie.

Abends jedoch war es herrlich bei mir in Jarmuk. Auf meiner Dachterrasse genossen wir die Kühle der späten Stunden.

Hassan kam inzwischen fast täglich. Wir saßen auf der Terrasse und tranken gekühltes Barrada-Bier oder einen libanesischen Wein. Wir verstanden uns gut – fast zu gut. Irgendwie wurde man sofort misstrauisch, wenn etwas zu gut lief. Auch wieder verrückt. Warum bloß traute man dem Glück nicht? Musste man denn immer ein schlimmes Erwachen erwarten?

Mein Misstrauen war nicht völlig weg, aber ich ließ es nicht mehr so an mich herankommen und versuchte, jeden Augenblick zu genießen. Was in Damaskus wirklich nicht schwer fiel. Hier war mein Zuhause. Zumindest mein zweites. An Deutschland dachte ich so gut wie nicht. Ich wollte auch nicht zurück. Jedenfalls nicht jetzt. Aber meine Zeit hier war begrenzt. Zu Weihnachten sollte ich zurück sein und meine Magisterarbeit beginnen, für die ich hier noch recherchieren wollte.

Der libanesische Wein war wirklich gut. Feten wie bei Abu Masen veranstaltete ich keine. Dafür war meine Wohnung doch nicht gemacht und ich wollte meine Vermieterin natürlich auch nicht mit zu vielen Gästen brüskieren. Aber natürlich besuchten mich meine Freunde aus dem Mahad.

Mit einem Paar hatten Hassan und ich uns besonders angefreundet: Andi und Gamila. Ihr Name bedeutete die Schöne – ihre Eltern wussten wohl schon bei der Geburt, wie sich ihre Tochter entwickeln würde.

Gamila hatte die übliche lange, dunkle, üppige Haarpracht. Zugegeben, das war noch nichts Besonderes. Alle Araberinnen hatten dieses Geschenk – ganz im Gegensatz zu uns Europäerinnen. Wir mussten oft schon froh sein, wenn wir es zu einem dünnen Zöpfchen schafften. Aber Gamila hatte zudem ein wunderschönes Gesicht mit großen grünen Augen (keine Ahnung woher) und einem dunklen Teint. Sie studierte Architektur an der Uni Damaskus. Andreas war Student der Islamwissenschaft aus München.

Gamila und Andi hatten sich auf einer Fete bei Abu Masen kennen gelernt und schnell ineinander verliebt. Heimlich natürlich. Denn das war in der syrischen Öffentlichkeit wirklich unmöglich: Ein syrisches Mädchen mit einem Ausländer. Ihr Ruf wäre ruiniert. Gamilas alawitische Familie lebte in Latakia und sie selbst bei einer Familie, die mit ihrer Familie irgendwie bekannt war.

„Hier bei dir auf der Terrasse ist es immer so friedlich“, meinte Gamila einmal, „man kann sich gar nicht vorstellen, dass knapp 90 Kilometer weiter Krieg ist.“ Wir sprachen Arabisch miteinander, das ich inzwischen nach einem Jahr Schule gut beherrschte. Solch eine Sprache konnte man wirklich nur vor Ort lernen. Dennoch war es jeden Tag eine neue Herausforderung zu sprechen und zu verstehen. „Stimmt. Daran denke ich normalerweise gar nicht. Kaum zu glauben, dass Beirut nur 90 Kilometer von Damaskus entfernt ist und dort seit fast 15 Jahren Bürgerkrieg herrscht. Hier bekommt man gar nichts mit."

Zwar wird überall Schmuggelware aus dem Libanon verkauft, aber von Krieg ist hier keine Spur, obwohl Syrien kräftig mitmischt.

„Ich war oft in Beirut meinen Onkel besuchen – vor dem Krieg." Gamila konnte plötzlich kaum sprechen. „Ich war zwar jung, aber ich erinnere mich noch genau. Große Straßen, schöne Häuser. Alles war so viel mondäner als hier in Damaskus. Und nun ist so Vieles zerstört."

Irgendwie wurde es mir langsam zu deprimierend. „Kommt, lasst uns über was anderes reden. Es ist so schön hier. Wenn wir dauernd nur über Palästina, Beirut und die ganzen Auseinandersetzungen reden, kann man die Schönheit dieses Landes gar nicht mehr genießen."

Alle schauten mich an. Andi musste fast grinsen: „Lass doch – die arabische Seele ist schwer. Und so schön sie feiern können – so leiden sie."

Er hatte Recht. Wir Deutsche haben viel zu viel Rationalität. Die Lage war wirklich dramatisch und traurig. Das wusste man, aber dennoch ging das Leben hier weiter und man wollte normal leben – soweit es ging. Das war selbst im Libanon nicht anders. In manchen Gegenden saßen die Leute in Restaurants und schauten von Dachterrassen auf die Rauchschwaden der Bomben.

So war das Leben – so war die Situation im Nahen Osten.

Hier in der Region hatten auch alle drei großen monotheistischen Religionen ihren Ursprung. Aber seit Jahrhunderten wird hier gekämpft. Kreuzritterburgen wie die Qalat al-Hussen, das berühmte Krak des Chevaliers, bei Homs sind ebenfalls historische Zeugnisse vergangener Kriege.

Ich küsste Hassan auf die Wange. Er war mein arabisches Leben.

Arabien war ein Teil von mir geworden. Nur die Schwere, die das orientalische Gemüt von Zeit zu Zeit erfasste, war mir immer noch fremd – und ich war nicht unglücklich darüber.

„Gamila geht mit nach Deutschland, wenn ich bald zurückgehe." Andi zog weiter seelenruhig an der Nargile, der Wasserpfeife, als ob er gerade eine Auskunft über das Wetter erteilt hätte.

„Was? " Ich konnte es nicht fassen. „Also das ist ja toll. Das freut mich. Wollt ihr, wollt ihr heiraten?" Nun war es raus. Ich war wirklich überrascht. So weit hatte ich nicht gedacht. Dass schon solche Zukunftspläne geschmiedet wurden – das war mir wirklich neu. Und auch Hassan schwieg – irgendwie kam er mir plötzlich bedrückt vor. Was dachte er eigentlich über unsere Zukunft? Nun wollte ich es plötzlich ganz genau wissen. „Ich möchte heiraten." Der das sagte, war zwar Andi, aber plötzlich war das Thema da. „Sie hat schon das Visum, Einreise zu Heiratszwecken. Das ist schon geklärt. Ein anderes hätte sie vielleicht gar nicht bekommen. Und wenn es ihr gar nicht gefällt, kommen wir zurück, dann muss ich schauen, was ich hier arbeiten kann. Ich war schon bei ihren Eltern und habe ihren Vater um Einwilligung gebeten. Nach dem ersten Schock hat er ja gesagt. Sie sind wirklich tolerant und wollen das Beste für Gamila."

Den beiden war es ernst. Ich beneidete sie. Sie waren so klar in ihrem Entschluss. Anders als wir.

Gamila sah aber trotzdem nicht ganz so glücklich aus.

Ich sah auf das blaue Amulett, das sie wie viele Araber trug. Dieses Schmucksteinauge sollte vor bösen Blicken des Neides und der Missgunst schützen. Hoffentlich half ihr das in Deutschland.

Gamila war glücklich in ihrer Heimat und wollte nicht weg. Ich freute mich dennoch für sie: „Herzlichen Glückwunsch!"

Sie sah mich an: „Es gibt keinen anderen Weg. Entweder trennen wir uns oder wir heiraten. Meine Eltern sind schon sehr tolerant, dass sie das erlauben. Meine Mutter fliegt erst mal mit und bleibt ein paar

Tage. Zur Hochzeit will dann meine ganze Familie kommen – wenn sie ein Visum erhalten." Sie musste lachen: „Hoffentlich sind sie nicht enttäuscht, denn wir planen wirklich nur eine Hochzeit im ganz kleinen Stil."

Plötzlich fiel mir ein: „Andi, du musst ja dann Muslim werden." Denn es war klar, dass nur ein Muslim eine Muslimin heiraten dürfte – oder war das bei den Alawiten nicht nötig? „Ja. Schon passiert."

„Was, schon passiert?", fragte ich etwas blöd und musste unwillkürlich an die muslimische Beschneidung denken. „Ja ich bin Muslim."

Andi blickte ernst, aber seine Augen lächelten.

„Und wie ernst ist es dir damit?" Das war natürlich Hassan.

„Nicht so ernst, aber auch kein Spaß. Ich bin religiös, aber nicht festgelegt." Andi musste lachen: „Gott ist überall."

Hoffentlich sahen das seine Eltern auch so. Münchner Katholiken – ich wusste nicht, ob sie das ebenso locker nehmen würden. Aber darauf sprach ich ihn lieber nicht an – ich wollte nicht schon wieder Problemgespräche. Trotzdem. Für mich war klar, dass ich meinen christlichen Glauben nie aufgeben würde – selbst wenn Hassan und ich heiraten würden.

Jetzt dachte ich schon an eine Ehe und noch vor wenigen Wochen war Schluss gewesen.

Andi und Gamila wussten, was sie wollten, und waren bereit, dafür auch äußere und innere Widerstände zu ertragen und auszustehen.

Als ob Gamila meine Gedanken erriet, meinte sie plötzlich: „Wer weiß, vielleicht halte ich es als Ausländerin nicht aus in Deutschland. Dort soll alles so kalt sein. Das Land, die Menschen, das Wetter. Außerdem muss ich eure Sprache erst noch lernen." Ich musste sie in den Arm nehmen: „Keine Sorge, du kennst doch schon einige Deutsche. Es ist okay bei uns. Du wirst dich wohl fühlen. Und wer Arabisch kann, für den ist Deutsch eine Kleinigkeit." So sicher war ich mir zwar nicht, aber andererseits dachte ich, dass ihr Aussehen ihr helfen würde, gut anzukommen. Das war wirklich meine Meinung – oberflächlich waren die Leute überall. Gamila war darüber hinaus auch noch klug und sehr sympathisch. Keine zwei Monate später waren die beiden weg. Sie riefen oft an und berichteten. Alles lief sehr gut. Sie waren glücklich und auch Andis Eltern hatten sich nach dem ersten Schock beruhigt. Wahrscheinlich hatte niemand in Bayern erfahren, dass ihr Sohn nun Muslim war.

Hassan und ich hatten von nun an ein neues Thema, das eigentlich ein altes war, aber nun wieder auf die Tagesordnung kam – allerdings nur in unseren Köpfen, denn darüber zu reden trauten sich weder er noch ich.

Jarmuk

Umm Ali war eine patente Frau. Ihr Mann war vor einigen Jahren an einer Krankheit gestorben, ich hatte aber nicht genau verstanden, an welcher. Einer ihrer Söhne war im Gefängnis. Er hatte zu lautstark gegen das Assad-Regime protestiert.

Er hatte aus seiner Meinung keinen Hehl gemacht, dass es ein Fehler war, Arafat aus Syrien zu verbannen. Zudem hatte er Assad-kritische Parolen auf die Hauswände geschmiert. Seine Mutter wusste immerhin, wo er untergebracht war, und hatte ihn auch schon dort besucht. Ihm ging es besser als anderen Inhaftierten, zu denen es keinen Kontakt gab, und er war unversehrt.

Umm Ali hoffte, dass ihr Sohn bald wieder frei kommen könnte. Die Chancen hierzu standen nicht schlecht, denn sie kannte ein „hohes Tier", so sagte sie jedenfalls, in der „Baath-Partei". Ansonsten verbat sich Umm Ali natürlich irgendwelche kritischen Äußerungen, um nicht ihrem inhaftierten Sohn oder ihrer Familie überhaupt zu schaden.

Mein Nachbar Abu Taufik, mit dem ich mich immer gerne unterhielt, war auch damals bei der *nakba,* der Katastrophe, wie die Staatsgründung Israels und die Flucht der Palästinenser von den Arabern genannt wurde, als kleiner Junge mit seinen Eltern geflohen. Inzwischen war er ungefähr 50 und hatte sich jetzt ein Leben in Syrien aufgebaut. An Palästina hatte er so gut wie keine Erinnerungen – und dennoch wollte er zumindest das Land sehen, auf dem sein Vater, sein Großvater Oliven angepflanzt hatten und wo er geboren wurde. „Bei Haifa war das, es muss das schönste Land der Erde sein, so meinte immer mein Großvater."

„Er hat recht", dachte ich bei mir.

Die Intifada hatte gerade getobt „auf der besetzten Erde", wie Israel in den syrischen Medien damals noch genannt wurde. Viel gebracht hatte dieser Aufstand vor allem Jugendlicher nicht. Aber die Weltöffentlichkeit forderte schnelle Fortschritte im Friedensprozess.

„Weißt du“, hatte Abu Taufik mir irgendwann mal erklärt. „Erst sind wir aus dem Gebiet des heutigen Haifa in die Westbank, dann nach dem Sechstagekrieg 1967 nach Syrien. Ich will nicht mehr weiter. Meine Kinder sind hier geboren und aufgewachsen. Ich weiß zwar, dass wir hier nicht unbedingt willkommen sind, aber jetzt sind wir hier. Hier habe ich mein Haus gebaut. So wie ich denken fast alle – wir wollen nicht mehr weiter.

Palästina – das ist ein Traum. Aber wir möchten, dass die Weltgemeinschaft unser Schicksal endlich wirklich anerkennt. Ein eigener Staat muss sein und eine Entschädigung. Ist das zu viel verlangt? Abu Amar will eigentlich auch das – oder?“ Auch Arafat hattte einen Abu Namen – obwohl kinderlos.

Ich musste an das Attentat bei den Olympischen Spielen 1972 in München denken – als Kind hatte ich die Trauer meiner Eltern mitbekommen, nachdem israelische Sportler und ein Polizist von einem Terrorkommando des „Schwarzen September“ getötet wurden – und an die Landshut-Entführung ein paar Jahre später, bei dem der Flugkapitän erschossen wurde. Palästinensische Terroristen wollten RAF-Mitglieder aus einem deutschen Gefängnis freipressen. Wie war deutsche Geschichte mit dem Nahen Osten verbunden? Wie viele Jüdinnen und Juden waren nach Palästina emigriert, um dem Holocaust zu entgehen oder kamen, nachdem sie Konzentrationslager überlebt hatten? Wahrscheinlich war auch die Gründung Israels eine Folge dieser schrecklichsten Zeit der deutschen Geschichte. Im Kibbuz hatte ich Ältere getroffen mit Nummern auf dem Arm, die sich auf Deutsch unterhielten, wie auch auf Hebräisch, und gerne mit mir sprachen. Ich war beeindruckt und auch beschämt.

Bereits 1917 während des Ersten Weltkriegs hatte der damalige britische Außenminister in seiner „Balfour-Deklaration“ der zionistischen Bewegung eine nationale Heimstätte für das jüdische Volk in Palästina zugesichert, das damals noch unter osmanischer Herrschaft war, wobei die Briten jedoch weite Teile erobert hatten.

Niemand konnte nachvollziehen, was es heißt seine Heimat verlassen zu müssen – aus welchen Gründen auch immer –, alles aufzugeben, wofür Generationen geschuftet hatten, und noch mal ganz von vorn anfangen zu müssen.

„Eines Tages möchte ich das Land besuchen, auf dem ich geboren wurde. Warum werden UN-Resolutionen nicht umgesetzt? Oder warum gibt es nicht einen säkularen Staat für alle, die, dort wohnen, das wäre auch okay." Von dieser Idee war ich überrascht: Doch beide Seiten müssten dafür viel zurückstecken, das erschien mir momentan erst recht nicht durchsetzbar. Die Zweistaatenlösung war das aktuelle Ziel.

Sicherlich hatte Abu Taufik Recht damit, dass die allermeisten Flüchtlinge nicht an Rückkehr dachten. Sie lebten nicht unter Besatzung, anders als die Palästinenser der Westbank und des Gaza-Streifens. „Die Palästinenser in Israel", meinte Abu Taufiq noch, „haben einen israelischen Pass und stellen ein Fünftel der Bevölkerung." Viele Jugendliche – Palästinenser wie Syrer – dachten vielmehr daran, nach Europa oder Nordamerika zu gehen. Das war der Traum.

„Weißt du", setzte er noch hinzu, „dass sich während der Intifada im Gaza-Streifen eine neue Gruppierung gebildet hat: Die Hamas, eine Abkürzung für islamische Widerstandsbewegung, entstanden aus den Muslimbrüdern. Die sind in Konkurrenz zu Arafats Fatah. Wir wollen keine Islamisten, aber die werden von außen unterstützt und ködern die Leute mit sozialen Hilfsprogrammen in Gaza."

Die Golanhöhen waren seit 1967 von Israel besetzt und vor einigen Jahren annektiert worden. Zwar mussten sich die Israelis nach dem 73er-Krieg aus einem Teil zurückziehen, in dem auch Quneitra lag. Bei einem Schulausflug besuchten wir diese zerstörte Geisterstadt, die als „Mahnmal" ein Ruinenfeld blieb – ein Anblick, den ich nie vergessen werde.

Nur noch einige hundert Jüdinnen und Juden lebten noch in Syrien. Zu Beginn der 1940er Jahre waren es noch geschätzt über 40 000. Doch sehr viele siedelten nach Israel über oder flohen, denn es kam zu gewaltsamen, auch tödlichen Übergriffen vor und während der Staatsgründung Israels.

Die PLO hatte gerade mit der Verabschiedung einer Zwei-Staaten-Lösung Israel indirekt anerkannt. Ein palästinensischer Staat sollte auf der Westbank und dem Gaza-Streifen mit Ostjerusalem als Hauptstadt entstehen. Ich sagte zu Abu Taufiq: „Warte nur, es verändert sich momentan viel. In fünf Jahren gibt es einen Staat Palästina. Dann kannst du bestimmt auch mal den Ort besuchen, an dem du auf die Welt gekommen bist."

Abu Taufiq lächelte.

Herbst

Im Herbst wurden die Nächte plötzlich ziemlich kühl.

Die schnell hochgezogenen Bauten in Jarmuk waren noch schlechter isoliert als in der Altstadt oder im Muhadscherin. Die Wände meiner neuen Wohnung waren merklich dünn.

Nachts hatte ich nun eine lange Sporthose an, denn ohne wachte ich irgendwann vor Kälte auf. Ich ahnte, dass die nächsten Wochen hart werden würden und entwarf gedanklich schon mehrere Möglichkeiten, mich vor der Kälte zu schützen. Vielleicht mit einer Mütze und Handschuhen, vielleicht sollte mir meine Familie auch ein paar Skipullis nach Damaskus schicken. Mal sehen.

Jedenfalls war es wichtig, sich rechtzeitig darauf vorzubereiten.

Eine Heizmöglichkeit war zwar installiert: In ein massives, rundes Ofenteil mündete ein dünnes Rohr, an dessen Ende ein kleiner ovaler Ölbehälter, gefüllt mit Heizöl – *Masot* genannt – hing. Drehte man die Mündung auf, tröpfelte das Öl in den Ofen. Sofort musste man die Öllache im Ofen anzünden, woraufhin sich mit etwas Glück ein Feuerchen entzündete.

Jedenfalls war es etwas anderes, wenn man solch eine Tat nur bestaunen oder selbst unternehmen musste. Erst nach mehrmaligen Versuchen – und auch erst nachdem ich mir die Finger angekokelt hatte – entzündete sich so etwas wie eine wärmende Quelle. „So mussten sich die Steinzeitmenschen gefühlt haben, als sie das erste Mal selbständig Feuer machten", dachte ich. Doch das wärmende Vergnügen war nur von kurzer Dauer, denn als ich gerade anfing, meinen Mantel auszuziehen, um mich der wohligen Wärme hinzugeben, bemerkte ich einen stechenden Geruch. Rauch. Offensichtlich waren die Ofenrohre, die aus mehreren Teilen zusammengesteckt worden waren, nicht dicht.

Schnell löschte ich das Flämmchen und öffnete die Fenster. Endlich Luft.

Ich rekapitulierte meine Lage: Ersticken oder Erfrieren.

Nach reiflicher Überlegung entschied ich mich für Kälte, der konnte man wenigstens mit Kleidung trotzen. Auch Hassan wusste keinen Rat. Aber er versprach zu schauen, ob in ihrem Keller noch ein alter Ofen stand, der darauf wartete, wiederbelebt zu werden. Geschlafen habe ich letztendlich mit Mütze, zwei Pullis, zwei Leggings, Socken und Schal – natürlich nur wenn Hassan nicht bei mir war. Aber selbst ihm wurde es irgendwann zu kalt und wir behalfen uns mit entsprechender Kleidung.

Erstaunlich, worauf man alles verzichten konnte. In Deutschland war ich es gewohnt, selbst im Winter in einer Bluse/Jeans in der Wohnung herumzulaufen. Es wurde geheizt, bis es wohlig warm war.

Doch hier lernte ich um und war selbstverständlich bereit mich in Lagen anzuziehen – auch nachts. Und es machte mir nichts aus – oder nur wenig. Es war klar: Der Mensch gewöhnt sich an Vieles und ist auch zu großen Einschränkungen bereit, wenn es sein muss. Aber eben nur, wenn es sein muss. Zuhause – da war ich mir sicher – würde ich wieder die Vorzüge einer Zentralheizung genießen wollen. Doch hier fand ich es fast chic: Einfaches Leben auf Zeit. Auch das war entscheidend: Solange ich wusste, dass dieses „karge Leben“ nicht von Dauer war, konnte ich mich überall einrichten.

In Deutschland war auch Strom eine Selbstverständlichkeit. Hier gab es immer wieder stundenlange Stromausfälle – fast täglich – und alle hatten sich längst darauf eingestellt. Das Essen im Kühlschrank wurde immer wieder warm – aber niemand verfiel in Hysterie und Tiefkühlfächer gab es sowieso nicht oder sie wurden nie benutzt. Man kochte frisch.

Und dass es Milch, Reis und andere Lebensmittel oft nur in speziellen Ecken zu kaufen gab, daran hatte ich mich schon lange gewöhnt. Auch die Plastiktüten voller Abfall, derer man sich hier oft einfach an der nächsten Straßenecke entledigte, weil die Müllentsorgung nicht wirklich ausreichend funktionierte, entsetzten mich nicht mehr.

Manchmal kam der Gedanke in mir auf, dass ich vielleicht langfristig hier unzufrieden werden könnte – und dann wieder, dass alles für mich normal werden würde und ich immer – wie jetzt auch – hier sehr gerne leben könnte. Ich wusste es nicht. Ich stand zwischen Orient und Okzident. Im Moment wollte ich nicht zurück – aber ich musste in einigen Wochen. Doch würde ich zurück nach Damaskus kommen wollen – dauerhaft – wenn ich wieder in der europäischen Überfluss- und Konsumgesellschaft angekommen war?

„Zumindest in Deutschland gibt es einen heißen Herbst", holte mich Hassan aus meinen Gedanken zurück.

„Wie meinst du das?" Ich dachte an den heißen Herbst vor über zehn Jahren, als die RAF in Deutschland wütete und ich eigentlich nicht richtig verstanden hatte, was geschah.

„Na, liest du keine Zeitung?"

„Nein, eigentlich nicht." Die große Politik und das Weltgeschehen interessierten mich hier immer weniger. Außerdem gab es keine guten, kritischen Medien, Artikel in westlichen Zeitungen waren manchmal geschwärzt und die syrische Presse war sowieso staatlich kontrolliert.

„Na, in Leipzig und überall demonstrieren die Leute für mehr Freiheit." Ich war etwas erstaunt: Leipzig – das war doch DDR. Aber klar, korrigierte ich mich sofort, Hassans Mutter kam ja aus Dresden, für ihn war Deutschland immer zuerst DDR, wir waren für ihn BRD. Bei mir war's umgekehrt.

„Nein, das weiß ich nicht." Es interessierte mich auch nicht besonders, aber das sagte ich ihm nicht. Vielmehr erwiderte ich: „Na ja, ein paar Demos, sehr mutig – aber was ändert das schon?"

Hassan schien bestürzt: „Klar, du als Westfrau hast natürlich keine Ahnung, wie es im anderen Teil Deutschlands zugeht. Da weiß ja ich besser Bescheid."

Hiermit hatte er zweifellos Recht, denn von den vielen Besuchen bei seiner Oma kannte er die DDR recht gut – ohne Zweifel besser als ich – ich war nur ein Mal in Ostberlin gewesen. „Die Menschen dort können was bewegen, die sind nicht so satt und gekauft wie bei euch."

„Stopp, nicht weiter. Du magst dich in der DDR besser auskennen, doch im Westen war nur ich von uns beiden bisher. Also lassen wir's gut sein. Ich hoffe wirklich, dass die Demonstrationen was bringen, aber vorstellen kann ich's mir nicht …"

Damit war die Diskussion beendet. Ich wollte auf keinen Fall noch eine Krisenfront zwischen uns eröffnen.

Berufliche Perspektiven

Meine Zeit in Damaskus ging langsam dem Ende zu.

Ich verbrachte viel Zeit in der syrischen Nationalbibliothek am Fuße der Abu-Rumani-Straße mit der Suche nach einem Thema für meine Magisterarbeit. Eine zündende Idee hatte ich nicht, aber ich las Artikel zu Nahostthemen. Letztendlich würde das auch mein Prof entscheiden.

Die Nationalbibliothek war ein Prestigebau der syrischen Regierung und erinnerte etwas an die DDR-Bauten, wie ich sie von meinem bisher einzigen Ausflug nach Ostberlin kannte. Syrien hatte ja gute Beziehungen nach Moskau und in die DDR. Offensichtlich lernten hier auch die Architekten voneinander.

Ansonsten versuchte ich mich innerlich langsam von Syrien zu verabschieden. Für übernächsten Monat schon, ein paar Tage vor Weihnachten, hatte ich den Rückflug gebucht. Insofern geriet ich immer mehr in einen Schwebezustand: Nicht weg wollend, aber sich innerlich bereits verabschiedend. Klar war, dass ich mein Studium in Deutschland beenden würde.

Ich versuchte mich auf diesen Zustand einzustellen und die Gedanken an eine Zukunft mit Hassan möglichst erfolgreich zu verdrängen, was nicht immer gelang, denn immer wieder ertappte ich mich bei Überlegungen, was für Arbeitsmöglichkeiten es in Syrien wohl für mich gäbe. Als deutsche Historikerin könnte ich meiner Ausbildung entsprechend hier wohl keine Arbeit finden, dazu wäre ich auch zu kritisch, und ein wissenschaftliches Arbeiten traute ich mir auf Arabisch nicht zu. Aber vielleicht gäbe es eine Möglichkeit als Reiseleiterin. Der Tourismus war zwar wirklich nicht besonders entwickelt, aber ich sah immer wieder Reisegruppen, die sich die historischen Bauwerke und Stätten überall im Land ansahen – oft verbunden mit einer Rundreise nach Jordanien, nach Petra und ans Rote Meer.

Vielleicht könnte ich mich auch als Deutschlehrerin bewerben, die Didaktik würde ja irgendwie zu lernen sein, am Goetheinstitut oder an einer Sprachenschule. Ganz davon leben konnte ich aber sicherlich nicht. Und mit den 2000 Lira monatlich, die man hier durchschnittlich verdiente, kam ich, wenn ich ehrlich war, bestimmt nicht weit. Ich wusste nicht, ob ich mich wirklich dauerhaft einschränken konnte. Momentan befand ich mich noch in einer komfortablen finanziellen Blase.

Die meisten deutschen Frauen, die hier lebten, waren teilweise schon seit 20 oder 30 Jahren meist mit syrischen Akademikern verheiratet, die meist überdurchschnittlich verdienten und sicher noch über Zusatzeinkünfte verfügten.

So verflogen die Tage, bis sich irgendwann durch Susanne, eine deutsche Mitschülerin, völlig neue Perspektiven ergaben: „Lisa, hättest du Lust, dir ein paar Lira zu verdienen? Ein Werbefritze sucht eine blonde Frau für ein paar Aufnahmen. Da habe ich an dich gedacht. Ich bin ihm zu klein und zu dunkel."

Susanne war wirklich einen Kopf kleiner als ich und hatte braune Haare, war aber ausgesprochen hübsch. „Meinst du wirklich, ich würde genommen?" Sofort sah ich Lirascheine vor meinem geistigen Auge und eine völlig neue Berufsperspektive. Vielleicht würde ich noch ein syrischer Werbefilmstar und Hassan und ich hätten zumindest finanziell ein mehr als gutes Auskommen.

„Woher kennst du ihn überhaupt?"

„Er hatte Natalia angesprochen, als ich mit ihr mal unterwegs war, aber ihr Mann erlaubte es damals nicht und nun hat sich das ja von selbst erledigt. Ich habe den Fotografen zufällig wiedergetroffen und er fragte mich, ob ich nicht jemand Passendes kennen würde."

Natalia, die Ukrainerin, war auch in unserer Klasse gewesen. Sie war damals mit einem Syrer verheiratet, klar, dass er etwas dagegen hatte. Natalia war wirklich ein Modeltyp: groß, schlank und vor allem blond. In einer Illustrierten im Sham-Hotel hatte ich ein Foto von einer Deutschen gesehen, die von der Schule weg direkt in Paris als Model durchstartete: eine Claudia nochwas.

So ein Typ war auch Natalia; ihr Mann platzte fast vor Stolz, wenn er mit ihr durch Damaskus ging. Leider war er auch sehr eifersüchtig. Nicht ganz unbegründet, denn Natalia brachte ein rothaariges Kind zur Welt, was sie mit ihrer Urgroßmutter erklärte, doch irgendwann fehlte sie plötzlich in der Klasse. Komisch war, dass gleichzeitig auch Martin weg war, ein Kölner – Typ Boris Becker. Irgendwann hörten wir, dass sich alle drei, Martin, Natalia und ihr gemeinsames Baby, in Deutschland aufhielten. In einer Nacht-und-Nebel-Aktion waren sie regelrecht über die Grenze in die Türkei geflüchtet. Natalias Mann hätte ihre Ausreise zu verhindern gewusst.

Doch das war eine andere Geschichte.

Ich versuchte, mich als Model zu sehen, aber es gelang mir nicht wirklich.

„Versuch's doch mal, ruf ihn einfach an, absagen kannst du immer noch."

„Also gut." Ich war überzeugt. Allerdings auch davon, Hassan nichts zu sagen. Vorerst.

Am nächsten Tag rief ich Mischa an. So hieß er laut Susanne. Ich glaubte aber nicht, dass das tatsächlich sein Name war. Aber das klang wohl internationaler. Mischa war sehr freundlich am Telefon. Wir unterhielten uns auf Englisch, mein Arabisch wurde ignoriert, wahrscheinlich wollte er so seine Weltläufigkeit herausstellen.

Wir verabredeten uns für den nächsten Tag. Ich sollte in sein Studio kommen.

Sein „Studio" stellte sich als ganz normale Wohnung heraus im

Stadtteil Mezze, dem Neubauviertel, die zugegeben zwar nicht sehr groß, dafür aber mit modernen weißen Möbeln ausgestattet war.

„Hallo, schön, dass du gekommen bist.“ Mischa war ungefähr vierzig Jahre alt, klein und übergewichtig. Ein bedeutender Bauch zeichnete sich unter dem taillierten Hemd ab. Er musterte mich von oben bis unten. Offensichtlich fiel sein Urteil nicht allzu schlecht aus – oder er ließ sich nichts anmerken.

„Das hier ist meine Frau und Assistentin Jacqueline“, stellte er die Frau vor, die gerade hereinkam. Sie war für meinen Geschmack etwas aufgemotzt: grell geschminkt, etwas füllig in zu engen Jeans, ungefähr 40 Jahre alt. Sie rauchte und begrüßte mich freundlich, aber kurz angebunden. Ihr Name war wohl eher auch als Künstlername zu verstehen.

Wir unterhielten uns kurz, dann kam er zur Sache: „Also, geh schon mal ins Nebenzimmer und zieh dich aus, da liegt eine Bikinihose – oben bleibt frei. Wir drehen einen Werbefilm für ein Schaumbad.“

Ich war sprachlos. Wie bitte, im Orient einen topless-Spot für Badepflege?

Mir fehlten wirklich die Worte und ich rührte mich keinen Zentimeter.

Der Mini-Spielberg bemerkte natürlich meinen Schock und meinte nur: „Was ist los, warum ziehst du dich nicht aus? Wo liegt das Problem? Das ist doch bei euch völlig normal?“

Und nachdem ich immer noch nicht reagierte: „Oh je, jetzt habe ich von allen Europäerinnen eine komplizierte erwischt. Mädchen, du bist völlig mit Badeschaum bedeckt, man sieht wirklich nichts. Und der Spot läuft vor allem in Jordanien.“

Doch ich hatte genug. Nicht dass ich etwas gegen „oben ohne“ gehabt hätte, an deutschen Baggerseen oder am europäischen Mittelmeer zum Beispiel – gerne. Aber hier im Orient nervte mich eigentlich vor allem, dass es als selbstverständlich angesehen wurde, dass sich Europäerinnen ausziehen.

„Danke, mir reicht's, ich gehe. Ich zieh mich nicht aus. Keine Lust. Sie müssen da was verwechseln." Ohne ein weiteres Wort ging ich zur Tür. Doch dort fiel mir eine – für beide Seiten nützliche Verabschiedung ein: „Falls Sie einen Werbespot drehen, bei dem ich mich nicht ausziehen muss, können Sie mich gerne wieder anrufen."

Draußen auf der Straße fühlte ich mich wirklich gut. Dem hatte ich gezeigt, dass er mit seinem Vorurteil über westliche Frauen schief lag. Dennoch dachte ich etwas wehmütig an den entgangenen Lohn. Noch bevor meine Modelkarriere richtig begonnen hatte, war sie auch schon beendet.

Hassan erzählte ich nichts von meinem kurzen Filmintermezzo.

Er hätte sich nur aufgeregt. Wer weiß, vielleicht hätte er diesen Mischa zur Rede gestellt. Keine Ahnung. Besser war jedenfalls, in diesem Falle zu schweigen.

Ich hatte das Kapitel „Werbestar in Nahost" eigentlich schon abgeschlossen und kaum noch einen Gedanken daran verschwendet, als nach genau einer Woche plötzlich Mischa wieder über Susanne ausrichten ließ, ob ich nicht Lust hätte, wieder in einem Werbespot mitzudrehen.

„Und – angezogen oder nackt?"

Susanne lachte nur: „Keine Sorge, bei dir gibt es keine Versuche mehr. Es geht um Kekse – die zu essen und zwar angezogen wirst du doch noch schaffen!?"

Das hörte sich gut an. Ich rief ihn an und fragte gleich nach der Bezahlung. Mischa versuchte mich etwas hinzuhalten: „Das besprechen wir später." Aber ich wollte diesmal alles vorher geklärt haben. Ein bisschen kam ich mir vor wie auf dem Basar, denn er begann bei indiskutablen 500 Lira.

„Das soll wohl ein Witz sein? Ich möchte 2000", fiel mir da als Antwort nur ein.

„Okay, 700", zeigte er sich einsichtig.

So ging das noch eine Weile (Feilschen war im Orient schon immer die Basis aller Preisverhandlungen), bis wir uns schließlich auf 1 100 Lira einigten.

„Immerhin ein Anfang“, dachte ich.

Diesmal erzählte ich Hassan davon. Er war zwar skeptisch, vor allem Mischa gegenüber, denn komischerweise misstrauen Araber erstmal anderen Arabern, aber er konnte nichts dagegen haben, denn es ging nur um Kekse und das war nichts Verwerfliches.

Als ich schließlich wieder im „Studio“ war, gab es noch einen Mann, mit dem ich drehen sollte. Er war als mein Gatte vorgesehen. Zusammen sollten wir auf einem Plüschsofa sitzen, Tee trinken, lächeln und genussvoll Kekse essen. Soweit so gut.

Das traute ich mir zu. Kekse essen konnte ich.

Doch plötzlich musterte mich Mischa wieder von oben bis unten und meinte nur. „Also ein bisschen verschönern müssen wir dich doch. So geht das nicht. Die Haare sind viel zu dünn und spärlich. So reicht das nicht.“

Was sollte denn das nun wieder heißen? Ich war etwas eingeschnappt.

Trotzdem folgte ich „Jacqueline“, die wieder herausgeputzt in einem zu engen Kleid steckte, ins Nebenzimmer. Dort stach mir zuerst eine blonde Langhaarperücke ins Auge. Wer hatte überhaupt solche Haare? Ich kannte niemanden. Nicht mal Ursula Andress in ihrem James-Bond-Film und nicht mal diese Claudia. Millionen von dicken strohblonden Harren ergossen sich in leichten Wellen über einen Plastikkopf. Das sollte ich anziehen? Na gut, außerdem erblickte ich noch ein rosa Tüllkleid, das nicht mal meine Tanten jemals getragen hätten. Aber ich beschloss mitzuspielen und zog alles an.

Als die Regisseursgattin dann auch noch mit einem Schminkset kam in allen Farben, die ich verabscheute – von blasspink bis grelllila – ergab ich mich völlig in mein Schicksal. Aus mir wurde ein spätbarockes Kunstwerk.

Wahrscheinlich wollte sie nicht die Einzige sein, die so rumläuft. Ich jedenfalls erlebte eine totale Mutation. Schließlich kam ich wieder mit langen blonden Haaren, grellroten Lippen, falschen Wimpern in diesem Albtraum in Tüll raus. Innerlich hatte ich mich ergeben. Egal was noch passierte – so erkannte mich wenigstens niemand.

Und falls doch, konnte ich tatsächlich sagen: „Ich war jung und brauchte das Geld."

Endlich verstand ich auch den Spruch: „Vor den Erfolg haben die Götter den Schweiß gesteckt." Denn ich schwitzte unter der Perücke aus allen Poren und mein Deo hatte in diesem Polyester-Monster-Kleid schon lange versagt.

Schließlich setzte ich mich – schon vor Drehbeginn erschöpft – neben meinen „Gatten", der aussah wie ein kleiner Prinz in einem Anzug, der einer Uniform ähnelte, aber keine war. Wahrscheinlich sollte er so Autorität ausstrahlen.

Wir lächelten in das grelle Scheinwerferlicht, mit dem wir bestrahlt wurden und knabberten einfach mal so drauf los und versuchten dabei möglichst elegant auszusehen.

Glücklicherweise beschränkte sich unser Drehbuchtext auf ein genüssliches „Hmmmmmm" beim Kauen. Doch gleich nach dem ersten Versuch kam von unserem Chef ein „Stopp, Stopp, das muss gefühlvoller gehen: So." Mischa biss langsam in einen Keks (die übrigens staubtrocken schmeckten) und musste husten. „So natürlich nicht. Ihr wisst schon, wie ich das meine."

Ich wusste zwar nicht, wie anders ich den Keks essen sollte, aber ich versuchte es. Ungefähr drei Packungen á 20 Kekse lang. So viel verbrauchten wir, bis das erlösende „Okay" kam.

Bis dahin wusste ich wirklich nicht, wie anstrengend es sein kann, Kekse zu essen.

Offensichtlich gab es bessere Keksesserinnen, denn Mischa meldete sich nie mehr bei mir. Der Spot aber soll in Jordanien über den

Äther gelaufen sein. Niemand hatte mich erkannt außer Hassan, der sich ein Grinsen nicht verkneifen konnte, ansonsten aber Kommentare vermied, was für sein Wohlergehen auch besser war.

Nur Mariam, das Nesthäkchen meiner Familie, meinte irgendwann zu mir: „Du, ich habe kürzlich eine Frau im Fernsehen in der Werbung gesehen, die sah fast so aus wie du – nur schöner.“

Eine Entscheidung

Ich musste zurück – es führte kein Weg daran vorbei. Mein Studium musste beendet werden. Hassans ebenso – er könnte sich aber auch um einen Studienplatz in Ostdeutschland bewerben, äußerte sich aber nicht. Auch ich hatte keine Lust, darüber zu reden.

Bis Hassan an seinem Geburtstag, dem zweiten November, das Thema ansprach: „Ich bleibe und komme nicht mit nach Deutschland. Ich mache mein Studium hier fertig. Ich würde zu viel Zeit verlieren."

Ich sah ihn an: „Ich habe nichts anderes erwartet. Es ist wirklich besser, du schließt dein Studium hier ab."

Ich war wirklich nicht überrascht. Es war klar, dass wir während unserer Studienzeit räumlich getrennt bleiben mussten. Aber was war danach? Und konnten wir nicht dennoch ein Paar bleiben?

Außerdem hatte ich so noch genügend Zeit, meine Eltern auf Hassan vorzubereiten. Bisher wussten sie nichts von ihm. Ich hatte auch keine Ahnung, wie sie einen potentiellen arabisch-muslimischen Schwiegersohn aufnehmen würden. Zwischen tolerant lässig und absolutem Entsetzen war alles möglich

„Aber wir bleiben zusammen. Wir können uns doch in den Semesterferien sehen. Du kannst herkommen. Oder ich kann dich besuchen – mit einem Einladungs-Visum – oder vielleicht auch ohne. In der Heimat meiner Mutter bewegt sich momentan auch viel. Vielleicht kann ich zu euch reisen, ohne dass es in der DDR dann Probleme gibt. *Ana behebik.*" „Ich liebe dich", hörte ich nun von ihm – immerhin. Warum nur haben Männer immer so große Schwierigkeiten damit.

„*Wa ana behebak.*" Ich liebe dich auch.

Mir kamen wirklich die Tränen. Wir würden es versuchen. Wir

würden ein Paar bleiben über 4000 Kilometer hinweg. Vier Stunden mit dem Flugzeug entfernt würde mein Freund leben. Und mir natürlich treu sein. Ich musste schlucken. Treue – konnte ich das wirklich erwarten?

Natürlich – es gab viele sehr gut funktionierende Beispiele – aber mindestens ebenso viele Gegenbeispiele. Leider.

Wenn ich mir manche von Hassans Freunde betrachtete, war klar, dass das mit der Treue nicht unbedingt gegeben war: Viele von ihnen suchten einfach eine europäische Freundin auf Zeit, was ja auch manchmal klappte.

Wie meinte Omar, einer aus Hassans Freundeskreis, der mir – obwohl ich es eigentlich nicht wollte – doch sympathisch war: „Bei einer europäischen Frau hast du den Himmel auf Erden – doch Heirat kommt nicht in Frage, die sind auf Dauer zu anstrengend." Omar wollte eine Muslimin, die zu Hause kochte, die Kinder versorgte und ansonsten nicht groß aufmuckte. Wenn er sich da nicht täuschte – manche arabische Frauen führen zu Hause ein strenges Regime. Der Orient war sehr patriarchalisch geprägt – das war klar. Hassan hatte durch seine Mutter etwas andere Einblicke. Aber würde sich Hassan verändern, wenn wir hier zusammenleben würden? Wenn ich seine Ehefrau wäre? Ganz sicher war ich mir zwar nicht, aber ich hoffte auf unsere Zukunft, denn klar war, dass wir uns wirklich liebten und er auch ein gemeinsames Leben wollte.

Ich würde nach Damaskus kommen, sooft es ging und finanziell machbar war und bald hatte ich ja meinen Abschluss – hoffentlich. Hassan würde ebenfalls versuchen, nach Deutschland – Ost oder West – zu kommen. Alles in allem eine überschaubare Zeit und machbar.

Und was danach käme – das würden wir dann entscheiden.

Eine deutsche Überraschung

„Herzlichen Glückwunsch." Hassan kam die Treppe zu meiner Wohnung hochgerannt. „Herzlichen Glückwunsch."

„Wozu denn?" Ich hatte keine Idee, wofür er mir gratulieren konnte. Kein Geburtstag, kein sonstiger Feiertag.

„Ihr seid vereinigt."

„Wer ist vereinigt? Was soll das Ganze?" Langsam wurde ich ärgerlich. Ich mochte keine Rätsel, schon gar nicht als Überraschung.

„Na, die DDR und ihr, bald kommt ihr wieder zusammen, du wirst sehen, die Grenzen sind offen. Die Mauer ist offen. Bald werdet ihr wieder vereint sein. Das ist doch toll."

Ich blickte etwas ratlos. „Was soll das heißen?", war das Einzige, was ich herausbrachte. Ehrlich gesagt interessierte es mich überhaupt nicht besonders. Ich hatte andere Probleme, die Abreise rückte immer näher, es gab noch vieles zu erledigen. Mich beschäftigten andere Themen. Auch meine Eltern hatten mir noch nichts davon berichtet, in Briefen – adressiert an Damaskus/Syrien poste restante – schrieben sie über andere, persönliche Ereignisse. In Jarmuk hatte ich keinen Fernseher und bei meiner Familie schauten wir freitags kein TV mehr, sondern unterhielten uns über Persönliches.

Schön, die Grenzen waren offen, das war toll für die Menschen in der DDR. Seltsamerweise war ich vom Nahostthema mehr betroffen als vom innerdeutschen meiner Heimat.

Hassan sah meinen wohl nicht sehr enthusiastischen Gesichtsausdruck und war enttäuscht.

„Freust du dich gar nicht? Ihr wart vierzig Jahre getrennt und nun sind die Grenzen offen. Das deutsche Volk kann wieder zusammenkommen. Das ist doch fantastisch."

Hassan hatte ganz andere – intensivere – Nationalgefühle als ich.

Jetzt freute ich mich auch – etwas zumindest. Dies war wirklich ein historischer Moment – und wenn ich zu diesem Zeitpunkt in Deutschland gewesen wäre, hätte ich mich bestimmt richtig begeistern lassen – von den Fernsehbildern zumindest, die sicherlich rund um die Uhr liefen. Vielleicht wäre ich auch nach Berlin gefahren wie zu dem Rolling-Stones-Konzert vor einigen Jahren.

Hassan sah das alles viel emotionaler. Ich verstand ihn. Zudem kam seine Mutter aus der DDR, damit war er vielleicht sogar mehr betroffen als ich.

„Sicherlich freue ich mich, es ist schön, dass die Grenzen offen sind. Und außerdem", ich schaute Hassan direkt in die Augen, „deine Mutter und ich und dann ja auch du – wir werden dann ja vielleicht richtige Landsleute."

Plötzlich war ich wirklich enthusiastisch, denn neue Perspektiven eröffneten sich: Hassan konnte vielleicht völlig problemlos künftig von Ostdeutschland zu mir reisen. Seine Oma lebte ja noch dort. Kein Problem bei offenen Grenzen. Außerdem hörte hoffentlich dann auch das etwas verschämte Verhalten von Hassans Mutter und mir auf und würde etwas natürlicher und zwangloser. Bisher vermieden wir persönliche Themen, denn niemand wollte in das brisante deutsch-deutsche Thema geraten.

Ich hatte auch den Eindruck, dass Hassans Mutter nicht sehr regimekritisch eingestellt war. Sie hatte dort studieren können, ihr Mann ebenfalls. Und sie hatten dadurch hier ein gutes Auskommen und waren zufrieden.

„Toll. Wirklich toll." Ich war wirklich begeistert. „Klasse!"

Meine Stimmung stieg und auch Hassan war nun zufrieden.

ZURÜCK

Vor meiner Abreise organisierte ich noch eine große Abschiedsparty bei Abu Masen. Alle kamen, die ganzen Freunde vom Mahad, auch Monique, die ich lange nicht mehr gesehen hatte.

Natürlich erschien auch meine Familie: Suha war inzwischen schwanger und glücklich – ich freute mich mit ihr. Auch die übrige Familie schien zufrieden. Und ich war es auch.

Zwar schmerzte der Abschied, aber ich wusste, dass es nicht für immer war. Damaskus und die Menschen hier waren in meinem Herzen. Die Zeit hier zählte zu den glücklichsten meines Lebens und ich wusste, dass niemand mir diese Erinnerung nehmen könnte. Niemals. Egal was geschehen würde, diese Zeit hier würde bleiben.

Hassan stand neben Josef. Beide lächelten mir zu. Hassan hatte ein Barrada-Bier in der Hand, Josef eine syrische Limonade.

Ich wünschte den Menschen hier mehr Freiheiten und ein besseres Leben mit weniger Sorgen um die Finanzierung der Miete oder des monatlichen Auskommens. Und endlich Frieden hier im Nahen Osten, damit dieser Teil der Erde endlich eine bessere Perspektive bekommen konnte.

Aber ich hoffte ebenso, dass diese wunderschöne Altstadt hier, dieses Kulturerbe der Welt noch lange von einer McDonalds-Filiale und Werbeplakaten verschont bleiben würde.

Und Hassan und ich würden es schaffen. Alles war gut!

EPILOG

Ich schlendere durch die Altstadt und suche zunehmend genervt die Abzweigung zum Haus meiner Familie. Wo ist sie nur?

Vom *Sham*-Hotel bis zur Omayyaden-Moschee zu kommen war kein Problem. Diese Strecke bin ich in Gedanken in Deutschland immer wieder gegangen.

Verschleierte Frauen gehen an mir vorbei. Ich sehe mehr Frauen und auch Minderjährige mit diesem patriarchalischen Symbol.

Ich finde den richtigen Weg nicht mehr in den vielen Gassen, in den ich hunderte Male abgebogen bin. So sehr ich mich auch bemühe – ich finde ihn nicht. Ich frage einen jungen Mann, ob er das Haus von Familie Abu Bassam kennt – er schaut mich an, überlegt und deutet dann in eine Richtung. Ich bin mir sicher, dass dies nicht der richtige Weg ist und muss lächeln. Hier gilt es immer noch als unhöflich, nein zu sagen. Schließlich rufe ich mit dem Handy bei Umm Bassam an. „Kannst du mich holen, ich habe mich verlaufen."

Um Bassam muss lachen: „Das gibt's doch nicht. Hast du alles vergessen? Ich komme."

Schweigend gehen wir schließlich nebeneinander her, bis ich die Gasse wiedererkenne, die wir gehen müssen. Jetzt noch rechts abbiegen, dann wieder links, noch mal rechts und schon stehen wir vor dem großen Eingangstor.

Als wir eintreten, traue ich meinen Augen nicht: Das soll Mariam sein? Das letzte Mal, als ich sie bei einem Kurzbesuch sah, war sie ein Teenager. „Mariam, wie siehst du aus? Du bist ja eine Frau geworden."

Sie lacht. „Natürlich, ich werde auch nicht kleiner. *Ahlan wa sahlan.*"

Es tut gut, diese arabische Begrüßung wieder zu hören. Wie lange hatte ich es vermisst, dies hier alles wieder zu sehen, die vertrauten

Stimmen und Geräusche zu hören. Die Gerüche der Damaszener Altstadt zu atmen.

Es gibt immer noch keinen McDonalds. Gut. Die Altstadt sieht aus wie vor fünfzehn Jahren, als ich hier lebte. Nur ein paar Familien haben aus ihren Wohnungen Lokale gemacht oder gleich verkauft. Doch die neuen schönen orientalischen Restaurants ergänzen die Stadt gut und stören nicht.

„Seltsam“, denke ich, „einen Kulturschock hatte ich eigentlich nicht hier zu Beginn damals in Damaskus, sondern nach meiner Rückkehr in Deutschland.“ Eineinhalb Jahre Syrien hatten mich natürlich verändert. In den ersten Tagen war manches doch fremd für mich gewesen, zum Beispiel nackte Frauen in Zeitschriften. Irgendwie hatte mich das nun gestört.

Außerdem fand ich die Menschen ziemlich schlampig angezogen. Damals kamen gerade die Jeans mit Schlitzen, oder eher Löchern, in Mode. So wären in Syrien nur die Ärmsten der Armen auf die Straße gegangen.

Natürlich legte sich das wieder, aber dass es auch einen Rückkehr-Kulturschock gibt und man sich wieder eingewöhnen muss, hatte ich nicht erwartet.

Vielleicht auch, weil ich gerne länger in Syrien geblieben wäre – vielleicht für immer – und wegen des Studiums zurück bin, das ich dann beendete.

Doch einigermaßen schnell war ich wieder voll integriert in der europäischen Konsumgesellschaft: Kaufen, ohne stundenlang zu suchen, Kino, neue Mode, vor allem aber ständig fließend warmes Wasser, die Vorzüge einer Zentralheizung und, und, und.

Gerne nahm ich auch die Bloßstellung des Frauenkörpers in den Medien in Kauf für die Freiheit, die man im Westen als Frau eben hat. Als westliche Ausländerin in einem orientalischen Land zu leben war sicherlich weitaus angenehmer denn als Einheimische mit all den Zwängen und Unfreiheiten.

Ich bin in Damaskus. Ich bin wieder zu Hause.

Mariam ist das einzige Kind – wenn man das überhaupt noch sagen darf –, das noch hier im Haus lebt mit ihrer Mutter. Als erriete sie meine Gedanken, meint Mariam, während wir Kaffee trinken – immer noch aus denselben kleinen Tassen wie früher: „In der Altstadt zu wohnen ist nicht mehr sehr attraktiv. Alle wollen raus in die Hochhäuser der Vorstadt.“ So ist das also. Die gleiche Entwicklung wie bei uns, denke ich. Warum eigentlich nicht? Warum soll hier an der Großfamilie festgehalten werden, wenn wir das auch nicht können. Schade ist es trotzdem.

„Bassam hat tatsächlich mit seiner Frau und seinem fünfjährigen Sohn eine Zwei-Zimmer-Wohnung gefunden. Nicht sehr groß, aber modern“, meint Umm Bassam stolz. „Der Präsident sorgt dafür, dass die Menschen günstige Kredite bekommen.“

Bashar Assad ist Nachfolger seines Vaters, ein Augenarzt, der in London studiert hat – auf ihm ruhen alle Hoffnungen auf mehr Freiheiten. „Es gibt jetzt Internetcafés“, berichtet Mariam begeistert, „und mehr Lokale und Möglichkeiten für uns Junge.“ Gleich nach Abu Bassams Tod ist Josef nach Amerika. Er hatte ein Visum ergattert und es geht ihm gut dort. Josef wollte unbedingt weg: So wie Suha, die mit ihrem Mann nach Bahrein ging, um dort in einer Apotheke zu arbeiten. „Es gefällt ihnen nicht sehr gut, dort gibt es nicht viele Christen. Aber sie verdienen bedeutend mehr als hier. Ihre Kinder können sich auch nicht so frei bewegen wie hier bei uns in der Altstadt. Aber wahrscheinlich wollen sie das auch nicht, die sitzen sowieso lieber vor dem Computer.“ Ich muss schlucken, diese Epidemie scheint sich bei Kindern rund um den Globus ausgebreitet zu haben.

Nach Rania frage ich nicht. Sie hatte tatsächlich nach Abu Bassams Tod ihren muslimischen Freund geheiratet, nachdem der sich von seiner muslimischen Gattin getrennt hatte, mit der er nicht glücklich war. Eine Vielehe als Zweitfrau war für Rania dann wirklich keine Option.

Seit der Heirat ist Rania tabu. Ihr Name wird nicht mehr erwähnt. Sie ist praktisch ausgestoßen. Dieser Entschluss zur Heirat, der gleichzeitig die Trennung von ihrer Familie bedeutete, war Rania sehr schwergefallen. Aber sie wollte Familie und ihr muslimischer Freund war wirklich ihre große Liebe.

Nur Suha hält heimlich noch Kontakt mit ihr, auch ich, nur erwähne ich das nicht.

Ihre Situation ist nicht einfach. Dennoch scheint sie einigermaßen glücklich zu sein, vor allem mit ihren Kindern.

Ich kann zwar diese Reaktion heutzutage – wir schreiben das Jahr 2004 – nicht verstehen, respektiere sie aber und versuche niemanden umzustimmen oder zu kritisieren.

„Und was ist mit dir?", frage ich. „Möchtest du nicht heiraten?"

„Ich heirate bestimmt nicht", erklärt Mariam entschieden. „Ich bin glücklich hier mit meiner Mutter. Ich arbeite, habe meinen Verdienst, kann tun, was ich will, und muss mich nach keinem Mann richten."

Ich glaube ihr das wirklich. Sie scheint rundum zufrieden zu sein.

Wahrscheinlich genießt sie auch die Ruhe im Haus. Wenn ich daran denke, wie es hier früher zuging ... Und offensichtlich wird dieser Entschluss von Umm Bassam akzeptiert – vielleicht auch weil sie froh ist, nicht allein im Haus zu sein.

„Und was ist mit dir?", fragt sie zurück. „Warum hast du nicht wieder geheiratet?"

Ja, warum nicht? Ich überlege: „Seit der Scheidung von Hassan geht es mir vielleicht so wie dir. Mir ist kein Mann mehr begegnet, mit dem ich zusammenziehen wollte. Ich genieße meine Ruhe zu Hause. Aber ich habe einen Freund."

Hassan: Ich muss lächeln. Nach dem Studium war er nach Deutschland gekommen. Wir wohnten nach der Heirat zunächst in Dresden – ihm zuliebe, doch ich konnte mich nicht eingewöhnen, deshalb zogen wir wieder nach Göttingen, wo ich Arbeit an der Uni fand. Aber

Hassan bekam als in Syrien studierter Betriebswirt keine Stelle und nahm nach zwei Jahren enttäuscht einen Job in Abu Dhabi an, den ihm ein Cousin vermittelt hatte. Ich sollte nachkommen. Aber ich wollte nicht weg. Ich hatte meine Arbeit und wollte nicht mit. Nach zwei Jahren stellten wir fest, dass es wohl besser sei, uns zu trennen. Vielleicht wäre es in Damaskus anders gekommen, vielleicht hätte ich mitgehen sollen. Ich weiß es nicht. Jedenfalls ist es vorbei. Und mit Thomas, einem Kollegen, bin ich seit drei Jahren recht glücklich.

„Ich habe von seiner Familie gehört, dass Hassan wieder geheiratet hat, eine Frau aus den Emiraten."

„So?" Ich versuche meine erste Überraschung zu überspielen. Irgendwie spüre ich einen Kloß im Bauch, mir wird leicht schlecht.

„Na dann, herzlichen Glückwunsch." Ich versuche zu lächeln.

„Weißt du, Lisa", wird Mariam plötzlich ernst, „dass du einen großen Einfluss auf unsere Familie hattest? Josef zum Beispiel war durch dich davon überzeugt, hier unbedingt weg zu müssen – in den Westen. Und wir Mädchen haben durch dich mehr Freiheit erfahren. Danke – nicht nur für die Ausflüge."

Ich bin tatsächlich überrascht – und gerührt. Aber war das gut, wollte ich das? Es ist müßig, sich darüber Gedanken zu machen. Überall gibt es Einflüsse von außen, die Veränderungen bewirken.

Man muss aufhören, sich ständig zu überlegen, was wäre wenn.

Alles hat seinen Grund. Es gibt keinen Zufall.

„*Kul schei maktub*", sagt der Araber: Alles ist schon aufgeschrieben, was im Leben passiert – alles ist Schicksal. Daran glaube ich inzwischen fast auch. Das heißt natürlich nicht, sich zurückzulehnen und abzuwarten, was mit einem passiert. Man hat ein Leben, das man gestalten muss: „Jeder ist seines Glück Schmied." So heißt es bei uns. „Schon wieder ostwestliche Lebensweisheiten", stelle ich fest und lächle – das Leben bietet die Chance zu leben. Und das Fundament hierfür ist die Liebe.

Ich bin zufrieden. Alle sind an irgendwelchen Ecken der Erde gelandet. Alle haben ihren Platz gefunden – bis auf Weiteres.

Frühjahr 2021

Der Krieg in Syrien begann vor zehn Jahren – von den ungefähr 24 Millionen Einwohnern sind vier bis fünf Millionen auf der Flucht. Syrer stellen in Deutschland nun die drittgrößte Ausländergruppe.

Abschiebungen nach Syrien sind seit Beginn des Jahres wieder möglich für islamistische Gefährder oder schwere Straftäter.

Anfangs wurden Proteste für mehr Freiheit von der Regierung Assad brutal niedergekämpft – doch dann mischten sehr schnell fremde Staaten mit, die Aufständische und Söldner finanzierten: Syrien wurde zum Schauplatz eines Stellvertreterkrieges von Groß- und Regionalmächten. Aber auch Dschihadisten aus weiteren arabischen Staaten oder aus islamischen Gebieten wie Tschtschenien oder den Malediven kämpf(t)en dort oder kamen aus anderen Teilen der Welt – auch aus Europa. Der begonnene Rückzug der USA aus der Region unterstützt dies. Leiden muss die Bevölkerung, die auch gespalten ist in Assad-Unterstützer und Gegner.

Hunderttausende wurden getötet. Eine humanitäre Katastrophe. Ganze Gebiete sind verwüstet: Teile Aleppos ein Trümmerfeld. Weltkulturerbe-Stätten Palmyras wurden vom IS gesprengt und der langjährige Direktor der Antikenverwaltung wurde vom „Islamischen Staat“ geköpft, weil er die Schätze Palmyras nicht preisgeben wollte. Der IS entstand im Irak als *Daisch* – so heißt er bei den Arabern: ein Akronym für „Islamischer Staat im Irak und Sham“.

Seit 2019 kontrolliert Bashar Assad mit Hilfe Russlands und des Iran das Land weitgehend. Die Türkei sitzt in Nordsyrien, vor allem um die kurdischen Milizen unter Kontrolle zu bringen, die auch gegen den IS gekämpft und dabei ihr Areal ausgedehnt haben. Dort in Idlib gibt es noch Kämpfe – dort haben sich hauptsächlich Dschihadisten verschanzt.

Die wirtschaftliche Lage und die Versorgungssituation sind miserabel. Viele gehen – wenige kehren zurück – es fehlt eine wirkliche Perspektive: Rückkehrhilfen sollten nicht nur aus einem Ticket und einem Taschengeld bestehen, sondern aus einer wirklichen finanziellen Aufbauhilfe, die eine Perspektive dort ermöglicht.

Einige meiner syrischen Freunde sind schon lange vor dem Krieg emigriert, sobald sich Chancen auf eine berufliche Perspektive in den Golfstaaten, Europa oder Amerika geboten hatten. Einige machten sich 2015 Richtung Europa auf den Weg. Die meisten jedoch sind geblieben. Mit ihnen whatsappe oder telefoniere ich ab und zu. Die Kommunikationsmöglichkeiten heute sind ja ganz andere als zu der Zeit, in der ich dort war.

Im neuen Film über Gertrude Bell wurde die Geschichte der Neuordnung des Nahen Ostens durch den Westen kaum erwähnt.

Wichtig ist, dass nicht schon wieder fremde Mächte den Menschen dort vorschreiben, wie sie zu leben haben, von wem sie regiert werden sollen.

Wahlen in ganz Syrien sind nötig (unter UN Aufsicht) und ein Marshallplan,

FÜR DIE MENSCHEN DORT!

Zur Autorin

Sabine Zeitler bereist seit ihrem Studium der Diplom-Politologie an den Universitäten Freiburg und Hamburg den Nahen Osten, aber auch Nord- und Südamerika, Südafrika und ostasiatische Länder. Ihre Diplomarbeit schrieb sie über „Machtrivalitäten im arabischen Raum“. Hierfür lernte sie in Damaskus zunächst Arabisch, recherchierte anschließend in Instituten und führte Interviews durch. Heute ist sie selbständig tätig als Dozentin, Mediatorin und Coach für Interkulturelles – mit Schwerpunkt auf den MENA-Ländern.

Sabine Zeitler

Damaskusliebe
Eine interkulturelle Liebesgeschichte

Impressum

Sabine Zeitler	Damaskusliebe. Eine interkulturelle Liebesgeschichte.
Herausgeber:	Ewald Freiburger, Alexandre Goffin und Jeff Klotz
	J. S. Klotz Verlagshaus GmbH
	Schloss Bauschlott
	Am Anger 70 | 75245 Neulingen
	www.klotz-verlagshaus.de
Umschlag und Satz:	Sina Fuchs
Lektorat:	Gloria Gerdt

Neuauflage

Informationen über Bücher aus dem Verlag unter
www.klotz–verlagshaus.de

ISBN 978-3-948968-57-1